腐りゆく君と
遺された私
藤白圭
FUJISHIRO
Kei
竹書房

腐りゆく君と遺された私

藤白圭
FUJISHIRO Kei

竹書房

CONTENTS

プロローグ

四間道《しけみち》は、名古屋駅から徒歩十五分程度といった都心にありながら、江戸・明治の面影を今なお残している。

趣のある街並みを歩けば、古民家を利用したレストランやカフェの中に、ひときわ落ち着いた佇まいを見せる建物を見つけた。


『栄枯盛衰——朽ちるに任せた先にあるロマン——』


杉の焼板で作られた木製格子が趣深い。壁伝いに玄関まで辿り着けば、白いパネルに大きくタイトルが書かれてある。炎天下にもかかわらず、来た道から逆方向に長蛇の列ができていた。

「みんな、O《オウ》の世界に興味津々だね」

タイトルよりもふた回りほど小さく書かれた『館山央理《たてやまおうすけ》写真展』の文字に、思わず頬が緩む。

ギャラリーに展示されているのものが、彼の全てではない。全てではないけれど、館山央理という人間を形成していた一部ではある。

それでも彼の作品がこうやって多くの人の目に触れる機会を得たのは、喜ばしいことだ。少しでも多くの人の心や記憶に残れば、その分、彼が生きていた証《あかし》も増えていくことになる。

良くも悪くも話題性のある展示会なだけに、メディア関係者もちらほら見えた。

一年前、蛍夏《けいか》は一躍時の人となったものの、今は服装も髪型も違う。なんなら、日傘にサングラス、マスクに日よけマフラーといった完全防備だ。

それでも、分かる人には分かるのだろう。眼鏡をかけた記者らしき人がこちらに向かって近づいてきた。

「水嶋《みずしま》……水嶋蛍夏さんですよね？」

遠慮がちに声をかけられる。声を潜め、横目で周囲を気にする様子から、あきらかにこちらを気遣ってくれているのが分かった。

他社だけでなく、既に多く集まっている来場者にも気づかれないよう話しかけてくる記者の心遣いに、少しだけ警戒心を解く。

いいや――それ以上に、彼が単なる好奇心やネタのためだけでなく、純粋にＯのことが……Ｏの作品が好きなんだと気が付いたからこそ、蛍夏は自分が水嶋であることを素直に認めてうなずいた。

何故なら、記者の鞄からは、経年劣化どころか、何度も閉じたり開いたりしたあとが見えるパンフレットが飛び出していたのだから。

それは数年前に開催された、写真愛好家によるグループ展のものだ。Oも、カメラを通じて知り合った友人に誘われて参加した。大勢の中の一人だとはいえ、初めてOが展示会で発表した作品を知っている人なのだと思えば、つい頬が緩む。

単に、ネタが欲しいわけでも、にわかファンでもない。純粋にOの作品を見てきた人だというのが、それだけで分かる。

無言のまま記者の鞄をじっと見るものの、色の濃いサングラスをしているため、彼はこちらの視線には気が付いていていない。ただ、記者から話しかけられて以降、無言のまま立ち尽くしている蛍夏の様子に戸惑っているようだった。

返事はしていなくても軽くうなずきはしたので、蛍夏が水嶋本人かどうかは疑っていないようだ。その証拠に、彼が蛍夏の前から立ち去る気配はない。

〝一年前の美談〟は、周知の事実だ。

しかし、目の前にいる彼は、〝一年前の真実〟を聞きたいものの、どう切り出せばいいのか分からないといった顔をしている。

記者にしては、あまりにも人が良すぎる。

本当ならば、蛍夏としてはOと過ごした最後の一週間を誰にも話したくはない。あれは、自由気ままなＯが、蛍夏のために唯一示してくれた強い想いなのだ。大切に仕舞っておきたいと思うのが乙女心というものだ。

けれど、それとは逆に、あの素敵な思い出を多くの人に知ってもらいたい。自慢したいという気持ちもある。

ただ――今もなお、蛍夏の心に残る色鮮やかな日々を、好き勝手に脚色し、身勝手な判断で省くような相手には話したくはない。

蛍夏の話を素直に受け止め、正確に伝えてくれる人にという条件付きではある。

「……記者さん。Ｏのファン？」

鞄から飛び出すパンフレットを指さし、小首を傾げる。虚を突かれたように目を丸くした記者は、次の瞬間、破顔した。

「はい！　偶然見かけたグループ展で、館山さんの作品を見た時から、ずっとずっと彼のファンです！」

記者は、鞄の中から数枚のフライヤーやチラシを取り出す。そのどれもが、大学のサークル仲間や、趣味の仲間と開催したグループ展のものだ。

無意識に口角があがる。蛍夏は記者の前に右手を差し出した。

「少し長くなりますが、よかったら近くのカフェでお話ししませんか？」

「え？」

驚いたような顔をした記者の目が、蛍夏の顔と手を何度も行き来する。蛍夏は声をたてて笑うと、彼の手を取った。

一日目

1

「ごめん。俺、死んだ」

すでに内々定を貰った大学最後の夏休みのことだ。朝方まで友人とカラオケでオールした蛍夏は、昼過ぎに目が覚めた。

寝ぼけた頭をスッキリさせようと、洗面所で顔を洗う。ふと、何かの視線を感じ、顔をあげる。すると、鏡越しに二週間ぶりの彼氏とご対面を果たしたのだ。

真面目な顔をして、蛍夏の背後に彼が立っている。合鍵を渡してある彼が、ここにいるのはなんらおかしくはない。

ただ、今耳にした彼の第一声に、思いっきり顔を顰《しか》めたのは、当然のことだと思う。

この世の中に、実際に目にしている人間の口から「死んじゃった」と言われて、誰が信じるというのか。そんな奴、いるわけがない。

「バカじゃないの?」

帰ってきて早々、ふざけたことを言う彼に、蛍夏は悪態をつきながら振り返った。

「……は?」

自分が見ているものが信じられなくて、何度も瞬きを繰り返す。ぽかんとする蛍夏の耳に冷たい吐息が吹きかかる。

「K《ケイ》、これで信じてくれた？」

ぶるりと肩を震わせた蛍夏は、勢いよく鏡へと顔を戻した。その途端、足元から一気に肌が粟立つのを感じた。

「はぁぁぁぁぁぁっ⁉」

鏡に映るのは、彼氏のOと蛍夏の姿だ。Oはいつの間にか蛍夏の首に両腕を巻き付けている。しかも、普段は淡泊な態度をとる彼が、何故か蛍夏の耳元に唇を寄せていた。

だが、触れている筈の背中や首、耳元にも、体温どころか何かに触れている感覚すらない。

蛍夏は右手で思いっきり頬を抓る。当たり前に痛い。少しだけ赤くなった頬を、鏡の向こうにいるOが撫でている。けれど、その感触はまったくない。

「夢？」

一旦、その場で瞼を閉じる。しかし、次の瞬間、聞きなれた笑い声が鼓膜を震わせた。

「ははは っ！　さっすがK！　肝っ玉すわってんな！」

腹を抱えてOが笑っている。再び振り返るが、そこには誰もいないどころか、誰かがいた形跡すらない。それでも、鏡にはいまだにOの姿が映っているのだ。

あんぐりと口を開けたまま、間抜けな面を晒していた蛍夏は、ここでようやくOの言っていることが冗談ではないことを悟った。その反面、こんな陽気な幽霊がいてたまるかとも思う。能天気に笑う鏡の中のOを見れば、正直言って、〝死んでいる〟ことには現実味を感じない。

（もしかして……生霊？）

不意に頭を過った言葉が、蛍夏の胸にストンと落ちた。合点がいったとばかりに、Oに詳しい話を聞こうと顔をあげる。

すると、Oは蛍夏の思考を読み取ったかのように首を振った。

「残念だけど……俺、まじで死んでるんだって」

人差し指で頬を掻き、Oが気まずそうに目を逸らす。長い付き合いだからこそ蛍夏には、彼が嘘をついていないことが分かる。

それなのに涙の一つも流れてこないのは、きっと、彼が死んでいる証拠を目の当たりにしていないからだろう。しかも、幽体とはいえ、今現在Oとは普通に会話している。

この世に未練を残して死んだのなら、もっと恨めしい顔をしているものだ。

けれど、鏡に映るOの顔は、いつもと変わらず飄々としている。

悲しみも苦しみも、悔しさも切なさも感じさせない彼の表情からは、とてもじゃないが〝死〟を想像することはできない。

（本人が死んでいると思い込んでいるだけで、実際には気を失っているだけかも……）

改めて彼の姿をまじまじと見る。服には泥がつき、頬や額に小さなスリ傷がついていた。

（これって……今現在のＯの状態ってことよね？）

誰かと争ったというよりも、探索中、藪の中に入って肌を傷つけたとか、どこかで転んだといったもののように思える。

（やっぱりＯの勘違いだわ。昔っから冷静なようで、思い込みが激しいし、そそっかしいところがあるんだよね）

表面上、大きな損傷がないことに蛍夏はホッと息をついた。その時、Ｏと視線がぶつかる。真っ直ぐな瞳の奥に、微かに揺らめく光を感じた。

（……あ。Ｏは自分が死んだって《自分の勘違い》ことを報告しに来たわけじゃないんだ）

言いたいことを言い出せず、話すキッカケが欲しくてソワソワしているのが分かる。そんなＯに、蛍夏はしぶしぶ助け船をだす。

「それで、私のところに来た理由は？」

心の中を見透かしたような表情を見せれば、Ｏがバツの悪い顔をして目を逸らした。ぶっきらぼうながらも、聞かれたことに対して必ずきちんと答える彼にしては珍しい態度だ。

よく見れば耳が少し赤い。しかも、頬を染め、首の後ろを掻いている。

今問いかけた内容の一体どこに照れる要素があったというのだろうか？

蛍夏は珍しいものでも見るかのようにＯの顔をまじまじと観察する。すると、手で口元を覆い、視線を下げたままＯがボソリと呟いた。

「……Kと過ごす時間はまだまだ沢山あると思っていたんだ……だから、何もしてやれなかったから……」

「え……」

思いもよらない言葉に、蛍夏は間抜けな声で訊き返す。すると、真っ赤な顔をしたOが鏡の向こうから睨みつけるように蛍夏を射抜いた。

「だーかーら！　俺の残された時間。全部をKに使いたいんだよ！」

「残された時間？」

軽い口調で言い放たれた一言に蛍夏は苛立ちを覚えた。

自由気ままなOには、散々、放置プレイを受けてきた。記念日のデートや食事も反故《ほご》にされたことだってある。だというのに、彼は取り返しがつかないと分かってから、優しくするのだ。

身勝手極まりないOに、沸々と怒りがこみあげる。その反面、Oの気持ちも分からないではない。

(最後くらい、綺麗な思い出として私の記憶に刻みつけたいってわけか)

なんて酷い男なのだろう。それでも蛍夏はOを憎めない。これが惚れた弱みというやつなのだろう。

もちろん、取り返しがつかなくなったと思っているのは、当の本人だけだ。きっと数日後には今日のことを思い出し、恥ずかしい死ぬことになるだろう。

（……それはそれで見ものよね）

眉間に皺をよせていた蛍夏は、口端をあげ後ろを振り返る。先ほども確認した通り、そこには誰もいない。

再び鏡へと目を向ければ、彼は困ったような顔をして小さく微笑んだ。

「なんつーかさ。俺、自分勝手じゃん？　Kが行きたいって言ったところに連れて行ったことが無かったなーって……こうなって初めて後悔したんだよね」

「今更遅いんじゃない？」

つっけんどんな返事をすれば、Oが苦笑する。

「でも、俺はこの世に存在できる最後の瞬間まで、お前と過ごしたい。だって、俺は我儘だから」

Oはそう言い切ると、吹っ切れたような表情で白い歯を見せた。あまりにも爽やかな彼の表情に、つられるようにして蛍夏も笑う。

けれど、これはOの気持ちに絆《ほだ》されたからではない。目覚めたOが、今のクサい台詞を思い出し、こっぱずかしさで悶絶するのを想像したからだ。

明るい声を出す蛍夏に、Oがムッとしたように頬を膨らませる。

「おいおい。一応、俺、死人だよ？　笑い事じゃなく、真剣に受け止めてくれよな」

「はいはい。で、残された時間ってどれくらいなの？」

呆れたように問いかければ、Oが顎に手をやり考えるような素振りをする。それから、日数を数えるように指を折り曲げると、すぐに顔をあげた。

「夏だし、一週間から十日ってことかな」

「みじかっ！」

「まあまあ。その分、濃厚に過ごせるってもんだ」

Oが片目を閉じて、サムズアップした。

（いやいや、アナタ。一週間もかからずに、赤面もんで旅から戻ってきますから）

蛍夏は苦笑いしつつも、Oの話にのってあげる。

「そうね。でもさ、これから私と一緒に過ごすって言ったって、Oは霊体じゃん。一人で映画見て、一人で食事して、自分でお金を支払う……これって、傍から見たら、単なるお一人様を満喫している人にしか見えなくない？」

「あ……」

蛍夏の指摘に、間抜けな声が返ってくる。本気で狼狽《うろた》えるOは、他人から見た自分たち（主に蛍夏）のことまで頭になかったようだ。

「しかも、鏡に映らなきゃ私だってOの姿が見えないわけだし？　全然楽しくも嬉しくもないんですけど」

更に追い打ちをかけると、Oは頭を抱えて雄叫《おたけ》びをあげた。

「うおぉぉっ！　俺としたことがぁぁぁっ」

ショックを受けるOだが、すぐに何か閃いたような顔をした。

「K！　俺の部屋に集合な！」

「え？　は？」

いきなりのことに目を丸くする蛍夏をよそに、Oがスッと音もなく消え去った。静まり返った室内で、今度は蛍夏が「なんなのよぉぉぉっ」と、ヒステリックな叫び声をあげるのだった。

2

あれからすぐに身支度を整えた蛍夏は、合鍵を持って自宅アパートを飛び出した。

日差しが強い。滲みでる汗で日焼け止めクリームが流れ落ちそうだ。

駅からOのマンションまでは徒歩十五分。近いようで意外と距離がある。

ひいひい言いながら坂道を登りきったところで、ようやく入口まで辿り着く。大学生の一人暮らしとは思えない豪華なマンションは、エントランスに入るにも、自動ドアの手前にある操作盤で暗証番号を入力しなくてはならない。

蛍夏は手慣れた手つきでキーを押す。すんなりとドアが開く。今度はエレベーターに乗るためのロックを解除しなくてはならない。カードキーをセンサーに翳し、一階で停止していた箱に乗り込んだ。

「私んちより、よっぽどセキュリティがしっかりしてるよね」

少々不満げな声を出す。Oの部屋は高層階ではないので、すぐに到着した。

「きたよー」

インターホンを鳴らすことなく、勝手に鍵を開けて玄関に足を踏み入れる。靴を脱ぎ、勝手知ったる他人の家とばかりに、ずかずかとリビングへと向かう。ドアノブに手をかける前に、扉が開いた。

「早かったな」

声はすれども姿は見えず。キョロキョロと室内を見渡せば、見慣れた写真パネルが目に入る。Oが初めて廃墟を撮影したものだ。

傷みが激しく、貧相な建物が、物々しくも雰囲気のある建物に見えるのだから、写真というものは不思議だなと、素直に思う。

吸い寄せられるように蛍夏が写真へ手を伸ばすと、手首にヒンヤリとした感触がした。視線を写真から手首に移すが、自分の手以外何も見えない。

けれど、冷たい手に捕まれている感覚は確かにある。

「透明なのに掴めるの？」

素朴な疑問がポロリと口から洩れる。耳元で楽しげな笑い声が響いた。

「あはははは。普通、そこは怖がるところだろ」

「だって、姿形は見えなくてもOの仕業だって分かってるもん。っていうか、体温は感じないんだね」

「そりゃ、死んでるからね」

「もう、死にネタお腹いっぱいなんですけど」

「まあ、そう言うなって。それより、こっちに来てくれよ」

視えない相手に手を引かれ、寝室へと招かれる。蛍夏からは視ることも触ることもできないというのに、Oからはそのどちらもが自由にできるのだ。

それが何を意味するかといえば、Oが自分に対して悪戯《いたずら》したい放題ということ。蛍夏は狼狽《うろた》えた声を出した。

「え……ちょっと待って。思い出作りってそういうこと？」

「は？」

まさかとは思うが、一応確認のために声をかける。蛍夏の質問に対し、Oは何のことだかサッパリ分からない様子だ。

それならばと、更に突っ込んだことを口にする。

「だーかーら。こんな昼間っから寝室に連れ込むってことは——」

「お、おまっ……んなわけあるかーっ！」

蛍夏が言い終える前に、勢いよく手首が離された。照れと焦りが混じったような声から、Oがどんな表情をしているのか見えなくても容易《たやす》く想像できる。

きっと顔を真っ赤にさせて、口もとに手の甲を押し付けていることだろう。

彼氏であるOからのお誘いはやぶさかではないが、それはお互いに肉体があってという大前提があってのことだ。いくら好きな人であっても、流石《さすが》に霊体《見えない》相手に体を許すのは抵抗がある。

『思い出』と『寝室』という二つのキーワードから、つい先走って頓珍漢《とんちんかん》なことを言ってしまったが、それはまったくの杞憂で終わった。

思い込みが激しいことは自覚しているが、これでは逆にOに対して、そういうことを望んでいたように勘繰られてもおかしくはない。

蛍夏は誤魔化すように、Oを茶化した。

「あはははは！　Oってば、こんな事で照れちゃって。冗談に決まってるじゃん。Oはムッツリだけど、いきなりベッドに押し倒すようなことはしないって信じてますって！」

からかうように笑えば、すぐ傍で拗ねたような声が聞こえた。

「……ムッツリじゃねーし。っつか、俺がしたいことじゃなくて、Kがやりたいことを叶えたいんだっつーの」

言い方こそ不貞腐れてはいるが、内容はやけに甘い。

付き合う前も、付き合ってからも、二人の間にある糖度は微々たるものだった。それなのに、今日はやけに嬉しい言葉を言ってくれる。

Oの慣れない言動に、蛍夏はなんとなくこそばゆい気持ちになった。

（なによ。Oのデレは肉体がない時にだけ発動するものなの？）

蛍夏は頬に熱が集まるのを感じ、片手で顔を扇ぎながら寝室の扉を開いた。

「で？　ここに何があるの？」

部屋に入ってすぐに首を左側に向ける。蛍夏は、クローゼットの横にある姿見を見た。部屋の中を映している鏡の中に、Oの姿が映り込む。

すでに彼は気持ちを切り替えていた。赤くなっていたであろう顔や耳も、すでに色が引いている。

彼は眉をピクリとあげると、黒目だけをスーッと移動させた。その視線を追うと、棚の上に置いてある大きな豚の貯金箱に行きついた。

「……これ、去年、私が買ったヤツだよね……」

懐かしさに目を細める。付き合ってからも、Oはマイペースな奴だった。一人でフラフラと撮影旅行に出かけてしまう彼に、鬱憤が溜まっていくのは当然だろう。

それが積もりに積もって、「たまには私も旅行に連れて行ってよね」と駄々をこねたのは、ちょうど一年前のことだ。

お互い学生の身だから、自由になるお金は少ない。もちろん、旅行代を全額彼氏に出させるつもりもない。そこで、蛍夏は「二人でお金を貯めよう」と言って五百円玉貯金を提案したのだ。

この貯金箱は開けるところがない。一度入れたら最後、貯金箱を割るしかお金を取り出す方法はない。

これなら、たとえ金欠になっても旅行代に手を出すことはできないだろうと言って、蛍夏が買い与えたものだった。

「彼女よりも多く金を出さなきゃカッコつかないだろ？　お前に渡された倍の金を毎回入れてたんだよ」

視線を下げ、照れたように首の後ろを掻くOを見て、蛍夏は目を真ん丸にさせた。

「もしかして……」

蛍夏は大股で棚の前まで行くと、両手で貯金箱を持ちあげた。ズシリとした重みが腕に伝わる。

顔の目の前で振ると、中身は満タンなのか、小銭が擦れ合う音がまったくしない。

「これ、満タンじゃん」

気まずそうに目を逸らしたまま、Oがもごもごと口ごもる。

「……今回の撮影旅行から帰ったら、Kを旅行に誘うつもりだったんだ」

小さな呟きではあったが、蛍夏の耳にきちんと届いた。

「はぁーっ……そういう大事な話は、もっと早くしてよね」

頬を膨らませ、呆れたように言えば、Oが決まり悪そうに唇を尖らせた。

「だってよぉ……俺だって、まさかこんなヘマするとは思ってなかったしさ」

「え？　まだ、自分が死んでるって信じ込んでるわけ？」

「信じ込んでるんじゃなくて、死んでるんだってば」

呆れたような蛍夏の態度に、同じく呆れたようにOが返す。

(さっさとOが意識を取り戻せば、普通に旅行に行けるんだっつーの)

内心ではうんざりしつつも、Oの気持ちが嬉しくないわけでもない。死んだと思い込んでいるからこそ、本音が出るというものだ。

であれば、Oの後悔も、蛍夏のことを想う気持ちにも嘘偽りはないと思っていいだろう。

(どうせ目覚めたら、また、自分の好きなことばっかやるに決まってるしね)

蛍夏は、Oの勘違いを最大限利用して楽しむことに決めた。豚の貯金箱を持ち直し、鏡の中へと視線を向ける。物言いたげな表情でOが貯金箱を見つめていた。

その表情を見る前から――この貯金箱へとOが視線を向けた時から、蛍夏は彼が何を言いたいのか理解していた。

「で。もしかして、このお金を使えっていうこと？」

疑問形ではあるものの、蛍夏の声は確信を持っている。案の定、Oが頷いた。

「ああ。さっき言ってただろ？　自分の金で映画見て、遊びに行ってもデートっぽくないって。財布はここにないし、俺が今、Kに使える金ってコレしかないしさ」

「でも、コレ。三分の一は私のお金じゃない？」

「そこんとこは大目に見てくれよ」

「っていうか。お金云々の前に、一人で映画行ったり、一人で遊んだりしてるっていうのが虚しいんですけど？」

ジトリとした目を鏡の中のOに向ける。Oは「ウッ」と声を詰まらせた。

「それはまあ……ほら。一応、会話はできるわけだしさ」

「客観的に見たら、独り言を呟きながらはしゃぐ危ない子じゃん」

「だったらコレを使えばいいだろ」

「いたっ！」

文句を言う蛍夏の頭にコツンと小さなものが当たる。当たった何かはそのまま軽い音をたてて足元に転がった。

「何これ……」

貯金箱を片手に持ち直し、その場でしゃがむ。足元に落ちているものはスマホ用のBluetoothイヤホンだった。

「ソレをつけてりゃ、誰かと通話中だって思うだろ」

顎をしゃくり得意顔で話すOの態度から、部屋のどこかにあったものを蛍夏に飛ばしたのだろう。蛍夏はイヤホンを拾いあげると、「まあ、そうだね」と一応納得した。

「でも、それだったらただ通話中に一人で遊んでいるだけで、一緒に何かしてるって感じはしなくない？」

「そんなことないさ。ほら、俺。鏡とか窓とか……反射するモノには姿が映るしさ」

「え？　待って。じゃあ、鏡や窓に映る〇は他の人にも視えるの？」

「あー……どうだろ？　俺が姿を見せたい相手と、たまたま俺と波長の合う人だけじゃね？」

焦る蛍夏とは反対に、当の本人は軽い口調で「多分、視えないだろ」と笑っている。しかし、多分では困るのだ、多分では。

これから一緒に出掛けた先で、誰もいないはずの私の横に、鏡や窓には〇の姿が映っていたらどうなるか。誰か一人でもそのことに気がつき悲鳴をあげられたら、それこそ街中《まちなか》でパニックが起きるかもしれない。

下手したら「幽霊にとり憑かれた女」と陰口を叩かれ、勝手に写真を撮られた挙句、ＳＮＳにその写真をアップされる可能性だってある。

最悪の状況を想像し、蛍夏はギロリと〇を睨みつけた。

「私以外には視えないよう、なるべく窓とかガラスとか……ショーウィンドウにも近づかないでよ」

「お、おう」

理解しているのかしていないのかは分からないが、蛍夏の圧に押されて〇が頷く。

「でもよぉ……そしたらお前も俺の姿視えないじゃん」

「そこは臨機応変にしてよね」

「うげぇっ」

無茶なことを言う蛍夏に、Oが面倒臭そうに顔を顰める。しかし、それからすぐに目をパチリと開くと、数回瞬きを繰り返した。

「あ、そうだ。鏡や声以外にも俺がすぐ傍にいることを感じられる方法があったわ」

鏡の中のOが、自分の顔の真横で中指と親指を擦り合わせた。パチンッと乾いた音が室内に響く。人差し指で蛍夏を指さすと、途端にOの姿が消える。

次の瞬間、蛍夏の左手から貯金箱が奪われる。宙に浮いた貯金箱がゆっくりと床の上に置かれるのを見届けると、ヒンヤリとしたものが左手を包み込んだ。

「ひっ！」

あまりの冷たさに小さな悲鳴をあげると、耳元でクスクスという笑い声が聞こえる。冷たい感触はそのまま蛍夏の指に絡みつく。

蛍夏は自分の左手を見るが、そこには自分の手以外はない。ただ、手の形はまるで視えない誰かと恋人繋ぎをしているような恰好をしている。

「ほら。俺が気合いを入れれば、Kと手を繋ぐことだってできるんだぜ」

Oの囁き声と共に、手の甲を冷たい何かが撫でる。ビクリと肩を震わせるものの、ソレがOのものだと分かれば何も怖くはない。

それよりも、蛍夏は先ほどから気になっていることがあった。

「ねえ。今のもそうだけど。さっきも私の手首掴んだでしょ？　あれってどういうこと？　私からは触れないっていうのにさぁ！」

蛍夏は自分の手を握るモノに対して、自ら力を込めて握り返そうとする。しかし、何故か自分が力を入れると、冷たい手の感触はすり抜けてしまうのだ。

苦々しい表情で何度も左手をニギニギする蛍夏の手を、冷たいもう一つの手が包み込む。触られた角度から、Oの顔があるであろう位置に向けて、蛍夏が顔をあげる。

当然、Oの姿を目にすることはできないのだが、何故だか蛍夏はOと目が合ったような気がした。

しかも、不思議そうに小首を傾げている姿がぼんやりと浮かぶ。

「そういや、どういう原理なんだろな？」

蛍夏が想像した通り、Oが疑問を口にする。その答えを聞きたいのは蛍夏の方だ。つい、思ったまんまを口にする。

「それを私が訊いてるの」

「うーん……多分、ポルターガイスト的な感じ？」

「え？　そういうこと？」

「いや、分からんけど。まあ、超能力者の念力と一緒でさ、幽霊も念じることで色々動かせたり持てたりするってことだろ」

「まあ、幽霊《Ｏ（オウ）》自身にもどうして触れるのか分からないってことね」

「そういうこと。ま、いいじゃん。とりあえず、俺の顔を見たい時には手鏡見りゃ、覗き込んでやるし。会話はできるし、手も繋げる。とりあえず、こんな俺でもデートらしきものはできるだろ」

難しく考えることをやめたＯが「がははは」と豪快に笑う。その快活な声に、蛍夏は深く考えるのが馬鹿らしくなった。

他人の目なんか関係ない。それに、Ｏの姿が視えようが視えまいが、そんなのは些細なことである。

ただ、今彼自身が――彼の魂が蛍夏の傍に寄り添い、彼の気持ちが自分に向いていることが重要なのだ。

そこに思い至った蛍夏は、フッと口元を緩めた。

「考えてみたら幽体とデートだなんて、ある意味貴重な体験だし。こんな機会、二度とないだろうから、楽しまなきゃ損よね」

鼻息荒く気合いを入れる蛍夏の真横で「ブフッ」という笑い声が聞こえる。こめかみに生温かい息のようなものがかかった。

蛍夏は、多分Ｏがいるであろう位置を推測し、顔を斜め上に向けてニカッと白い歯を見せたのだった。

3

霊体バージョンのOとの初めての共同作業は、貯金箱を割ることだった。

蛍夏は満タンになった貯金箱の中のお金を使うことを決心したものの、割る直前で躊躇する。割ることを躊躇うよう計算されているのだろう。豚の顔には愛くるしい目が描かれていた。うるうると潤んだような瞳を見れば、トンカチを持つ手に力が入らなくなる。こういうことは思いきりが必要だ。

勢いよくトンカチを振りあげるが、丸みを帯びたピンクの可愛らしいフォルムが頭を過ってしまう。ホンモノの豚ではないのだからヤッてしまえばいいのだが、二人で育《貯めた》てたという愛着もある。

中々振り下ろすことのできない蛍夏に、Oが痺れを切らしたようだ。急にトンカチを持つ手が軽くなった。

「え?」

トンカチが引っ張りあげられる。握っている蛍夏の腕もあがっていく。頭の上にまで持ちあげられたトンカチが思いっきり貯金箱に叩きつけられた。

「いやーーーーっ！」

陶器が割れる音と同時に蛍夏は悲痛な声をあげた。陶器の破片と銀色に光る硬貨が床の上に散らばる。何百枚もの硬貨を目にした蛍夏は絶句した。

（このうち、私が入れたお金って百枚に満たないかもしれない……）

五百円玉を入れるたびに、「Oとどこに行こう、何をしよう」とワクワクしていたのを思い出す。

（もしかして、バイトを掛け持ちしてたのって……）

Oは趣味のカメラや撮影旅行にお金がかかるからと言って、バイトを掛け持ちしていた。けれど、思っていたよりも早く貯まっていた貯金箱の中身は、そのほとんどがOのお金だったのだ。

（もしかして、Oも二人で行く旅行を楽しみにしてくれてたの？）

積み重なる何百という想いの証を目の当たりにすれば、妙に感慨深いものがこみあげる。

冷たい輝きの中にOの不器用な優しさを感じ、思わず頬が緩む。鈍い光を放つ塊としみじみと眺めれば、あたたかい気持ちが湧き起こる。

惚けたように床に座り込む蛍夏を、現実世界に引き戻したのはOだった。

「うーん……手数料がかかるけど、まずは銀行でお札に両替してもらった方がいいな」

余韻に浸る蛍夏の耳に、現実的な言葉が流れ込む。軽い調子で話すOの姿は肉眼では見えない。

その代わり、銀色のコインが一枚空中に浮いていた。

「え？」

思わず目が点になる。何が起きているのか頭がついてこない。ぽかんとする蛍夏の目の前に、巾着袋が現れた。

「は？」

困惑して固まる蛍夏をよそに、袋の中にどんどん五百円玉が放り込まれていく。安っぽい袋はあっという間にパンパンになった。一枚残らず五百円玉がおさまった巾着袋が、蛍夏の手の上におかれる。ズシリとした重さが、これは夢でも幻でもないということを感じさせた。

「ほんじゃ、ま。Kのために貯めた金だし。パーッと使っちまおうぜ！　パーッと！」

明るい声が頭上から降り注ぐ。勢いよく顔をあげれば、そこには見えない筈なのに、満面の笑みを浮かべているOの顔が見えたような気がした。

＊＊＊＊＊

あれからOに「銀行が閉まっちまうだろ！」と急かされた蛍夏は、すぐにマンションを出た。向かった先は勿論、銀行だ。

「手数料五百円以上も取るとか、ぼったくりだよな」

両替をした直後、Oの不満げな声に苦笑する。

「まあまあ。銀行はボランティアじゃないんだから」

「そんなことは分かってるけどさ。銀行員が硬貨を数えてるんじゃなくて、機械が数えてるわけじゃん？　都内の最低賃金が一時間千円ちょいだろ？　そう考えると五分十分の作業で五百円……なんか解せなくね？」

「んー……まあ、硬貨を数えるのは機械かもしれないけど、両替後のお札を数えるのは行員さんだし。そこに付随する書類作成や手間賃、管理費に光熱費、この建物の維持費なんかも全部含まれているんだから仕方ないでしょ」

小声でOを宥めながら銀行を出る。

蛍夏が持つバッグの中には、銀行封筒に入った十九万九千五百円がある。持ちなれない大金に、バッグを握る手につい力が籠ってしまう。

「そんなに警戒心丸出しだと、かえって怪しまれるもんだぞ？」

Oがクスクスと笑う。蛍夏は声のする方へと目をやり、唇をムッと突き出した。

「仕方ないじゃん。いざっていう時、今のOは役立たずだしさ」

「あれ？　そんなこと言っちゃう？」

「だってそうじゃん。肉体がないんだもん、私が誰かに絡まれたって助けようがないでしょ？」

フンッと鼻を鳴らせば、Oからの返事はない。気を悪くしたのかと思ったが、それを確かめようにも顔が見えないのだから確認しようがない。

キョロキョロと顔を動かせば、数歩先にショーウィンドウがある。無言のまま数十歩進んだところで、さり気なく全身が映るガラスへと目を向けた。

まず目に入ったのは反射して映る自分の姿。その他にも歩行者や街路樹、そして、その向こうを走る車の姿が映っていた。

「え……？」

傍にいるはずのＯの姿が見えない。気ままなＯのことだ。可愛げのない蛍夏の態度にへそを曲げ、フラリとどこかに行ってしまった可能性は大だ。

「嘘でしょ？」

本体（Ｏの肉体）に意識が戻っただけなら、それでいい。けれど、急に誰かに背後から腕を掴まれたら驚くように、急に魂が肉体に引っ張られたとしたら、慌てたような声を出すのが普通ではないのか？

愛想つかされたわけじゃないとは分かっている。けれど、何も言わずに傍からいなくなられたら、不安になるのは当然だろう。

「どこ行ったのよ……」

弱々しい声を漏らせば、左手が冷たいもので包まれた。

「ばーか。Ｋが言ったんだろ。ガラスやショーウィンドウには近づくなって」

小馬鹿にしたような声が蛍夏の鼓膜を震わせた。見えない手にグイッと力強く引っ張られる。

相手がＯだと分かっているからこそ、驚きはしても怖くはない。蛍夏は誘導されるがまま、ビルとビルとの間の路地に足を踏み入れる。途端、手を掴んでいたものが離された。

ぽかんとする蛍夏の腰がギュッと抱き締められる。

「え？」

「よいしょっと！」

掛け声と同時に、蛍夏の体が勢いよく抱えあげられた。

「きゃあっ⁉」

いきなり足が宙に浮く。視線が十センチ以上高くなる。〇の仕業だとは分かっていても、不意打ちでこのようなことをされれば、誰だって悲鳴をあげるだろう。

甲高い声を出した蛍夏は、思わず両手で自分の口を塞いだ。周囲をキョロキョロと見渡す。誰もいないことを確認し、ホッと胸を撫でおろす。

視線を下げれば、いまだ足は地についていない。腰を持たれている感覚はあれど、姿は見えず。傍から見れば、蛍夏は何の仕掛けもなく宙に浮いている状態だ。こんな姿を誰かに見られでもしたら、きっと大騒ぎになる。

「ちょっと！　おろしてよ！」

「とりあえず。肉体はなくても俺からは触れるわけだし。逆に透明人間だと思えば、俺って無敵じゃね？」

焦る蛍夏を余所に、呑気な声が耳元をくすぐる。いきなり抱きあげたこととは、まったく関連性のないことを言うＯに、蛍夏は呆れた。

背後にいるであろうＯへと振り返ると、その前にビルの小さな窓が目に入る。

そこに映っているのは、蛍夏を背後から抱きあげているＯの姿。彼は慈しむような目で蛍夏を見つめていた。

まるで、大切な宝物を守るかのような表情に、先ほどの言葉の意味を理解した。

Ｏの奇怪な行動は「肉体がないＯは役立たず」と言った蛍夏に対する反論である。つまり、姿は見えなくても、相手の動きを止めることも、不意打ちすることも可能だと暗に示してみせたのだ。

(何かあれば、きちんと守ってくれる気なんだね)

胸に熱いものがこみあげる。蛍夏はあえてＯの真意に気が付いたことは口にせず、彼の軽口に乗っかった。

「ほんとだね。透明人間がボディーガードって、ある意味最強だわ」

「だろ?」

ニシシと笑いながら、Ｏがゆっくりと蛍夏を地面におろす。腰に巻かれていた腕の感触が消える。

振り返るが、そこにいるはずの彼の姿は見えない。きっと声を掛ければ、すぐに返事はくるだろう。

けれど、体温を感じることも、普通に姿を見ることも叶わないことが、妙に寂しく感じた。

蛍夏はビルの小窓をチラリとみて、Oの顔の位置を把握する。彼と目が合うよう顎をあげた。

「……ねえ」

蛍夏からでは触れられないが、ゆっくりとOの頬に向けて手を伸ばす。自分の目の高さぐらいまで手をあげたところで、ギュッと冷たいものに握りしめられた。

「どうした？」

優しい声が頭上から降ってくる。ビルの隙間から差し込む日差しが眩しい。目を細めると、眉間の皺を伸ばすようにヒンヤリとした指先に撫でられた。触れられた部分の冷たさに、切ないものがこみあげる。

「……やっぱ、冷たいね……」

無意識に零れ落ちそうになった言葉を口内に押しとどめる。Oの体温は一般的にみて高い。暑がりな彼がエアコンの設定温度を下げるので、極寒の部屋では湯たんぽ代わりにしていたほどだ。

幽霊なんていう非現実的なことを目の当たりにしながらも、それを受け入れられていたのは、ある意味現実逃避し、思考がまともに働いていなかったのだろう。Oの変わらない軽口や行動に流されるまま乗っかってきたものの、じわりじわりと現実が押し寄せる。

ごく当たり前にあった温《ぬく》もりを感じらないことに、蛍夏は急に物足りなさ——いいや、当たり前のものが当たり前ではなくなるという怖さを覚えた。

(気持ちが大事だっていうけど、そうじゃない。心も体も……どちらが欠けても私が求めるOじゃないんだ)

蛍夏はグッと拳を握りしめた。

(Oは幽霊状態を楽しんでいるかもしれないけど、このまんまじゃいけない。さっさと肉体に魂を戻さなきゃ、取り返しがつかないことになる)

幽体離脱や生霊状態というものは、極めて死に近い状態であるということを思い出した蛍夏はゾッとした。すぐにでも、O《魂》を肉体に戻すべきだと判断する。

(とはいえ、きっと一人じゃ戻らないわよね……)

Oに気づかれぬよう蛍夏は小さく息を吐く。少しだけ思案するように視線を彷徨《さまよ》わせた彼女は、〝そうだ。彼《肉体》を見つけて、私が起こせばいいんだ〟と思い至った。そうと決まれば、行動は早い。すぐにOに尋ねた。

「Oは今、どこにいるの？」

「どこって、ここにいるじゃん」

軽い返事に首を横に振る。

「そうじゃなくて、体の方よ」

「んまっ！　イヤらしい！　Kってば、ワタシの体が目当てなのね!?」

オネエ言葉で茶化すOに、ツッコミを入れる余裕はない。出来の悪い子供をなだめるような口調で、蛍夏は懇願した。

「あのね……冗談を言ってる場合じゃないんだってっば。それぐらい、Oだって分かってるでしょ？」

眉を下げ、悲痛な面持ちで訴えるが、Oの口は重い。

「うーん……それは言えないんだよねぇ……」

「なんで？」

「そりゃまあ、男の子ですし。好きな子にはカッコ悪い姿を見せたくないって思うわけですよ」

「それで死んだら、元も子もないんですけど」

その言葉に返事はない。かわりに、すぐ傍でOが苦笑するように空気が揺れた。これはOが話を打ち切る合図だ。今までの経験上、どれだけ問い詰めても口を割らないことを、蛍夏は知っている。

胸の奥で小さく息を吐く。

（無理矢理聞き出すことが無理なら、せめて、ヒントだけでも……）

蛍夏は言い方を変えることにした。

「ねえ。Oは今、何が見えているの？」

凛とした声を響かせる。戸惑うような気配を感じた。不意に窓ガラスに目がいく。Oがゆっくりと空を見あげる姿が映し出された。

「そうだな……青い空が見えるよ」

「ここから見える空と似ているの？」

「そうだね」

「そっか」

空は果てしなく続いている。「ここから見える空と同じ」ではなく、あえて「似ている」かどうかを聞いたのはわざとだ。ビルの谷間から見える空は、視界を遮るものが多い。ここから見える空と、Oが見ている空が似ているということは、彼がいる場所にも空を遮るものが多いということを意味している。

「ねえ、他には――」

「これ以上は有料になりまーす」

底抜けに明るい声が蛍夏の追及を遮る。しんみりとした空気が一瞬でかき消された。

日は照っているのに、ポツリポツリと雨が降る。狐の嫁入りに見舞われる中、蛍夏は目を真ん丸にした。

目の前には、Oの姿が小雨に反射している。彼は人差し指を口元にあて、含んだような笑みを浮かべていた。

二日目

1

けたたましいアラーム音で目が覚める。時刻はまだ朝の六時だ。一限目の授業がある時ならば、すぐに起きただろう。

けれど、今は夏休み中だ。しかも、今日はバイトも休みである。

昨日、あれから深夜までカラオケをした挙句、部屋に帰ってきてからは、朝方までソシャゲに付き合わされたのだ。実質の睡眠時間は二時間あるかないか程度だろう。正直言って眠い。蛍夏は二度寝を決め込むことにした。

「おーい。今日という一日を無駄にすんなよー」

睡眠不足の元凶が、耳元で大きな声を出す。思いっきり布団を引っ剥がされ、眉間に皺を寄せる。すると、次の瞬間、カーテンが勢いよく開けられた。

「眩しっ！」

日差しが顔面に直射する。咄嗟に目を瞑《つむ》り、体を反転させると枕に顔を埋めた。

「おいおい～……今日は予定みっちり入ってるんだから、二度寝禁止だぞ」

見えない相手が、呆れたように溜息を吐いた。同じ時間まで一緒に遊んでいたというのに、やたらと元気なのが恨めしい。

蛍夏はうつ伏せ状態のまま、くぐもった声を出した。

「たったの二、三時間しか寝てないのに……Oは眠くないの？」

少しだけ顔をあげた蛍夏の瞼は半分しか開いていない。ぼんやりとした視界の中、窓ガラスに薄っすらと映るOの姿を見つけた。背中側しか映っていないが、その肩が小刻みに揺れている。

「ちょ……K、お前、その顔ヤバいって」

質問に答えるよりも先に、Oが蛍夏の寝起きを見て爆笑する。失礼なことを言われているのは分かっているのだが、寝ぼけた頭では即座に反応できない。

何度か頭の中で復唱し、意味を理解した途端カッと目を見開いた。慌ててベッドから飛び起き、鏡台の前に立つ。

まじまじと自分の顔を見た蛍夏は絶叫をあげた。

「いやぁぁぁっ！」

そこには口元には涎がべっとりとつき、頬には寝痕がくっきりとりついていた。しかも、寝不足のせいか瞼はパンパンに腫れている。これでさっきは半眼状態だったのだ。はっきり言って、見れたものじゃなかっただろう。

ショックを受ける蛍夏の背後に、いつの間にかOが立っていた。彼はニヤニヤしながら蛍夏の頬を突《つっ》いた。

「まあまあ。こういうのも愛嬌ってヤツだろ」

喉を鳴らして笑うOの冷たい指先が、寝痕の線をなぞる。鏡に映るOの手首を掴もうとするが、やはりそれは叶わない。

「やっぱズルいよね」

「何が?」

「こっちは触れないっていうのに、Oは触りたい放題なんだもん」

頬を膨らませれば、Oが思いっきり吹き出した。

「ぶはっ! ちょ、言い方! 人をセクハラ野郎みたいに言うなよ」

「〝みたい〟じゃなくて〝セクハラ野郎〟じゃん」

はっきりと言い切ると、蛍夏は鏡越しにOを睨《ね》めあげる。くだらないやり取りをしているうちに、頭がスッキリしてきた。

何が面白いのか、ひとの頬を摘まんだり、引っ張ったりして楽しんでいるOの顔を、目を細めてジッと見た。

「なんか顔色悪くない?」

その一言で背後にいたOが、勢いよく蛍夏の前に身を乗り出した。

「え? まじ? やっぱゴールデンタイムに寝ないとお肌に悪いってガチなやつ!?」

鏡にOのドアップが映った。目を大きく見開き、焦っている彼の顔色は、やはり昨日よりも少し血の気がない。よく見れば、目の下が少し窪んでいるように見える。それに、頬も少しコケているような気がした。

（そういや、私は浮腫《むく》むタイプだけど、Ｏって徹夜明けはすぐにクマができるタイプだったんだよね）

ほんの些細なことだが、霊体になっても表面上に変化があることに驚いた。しかも、体質的なものは変わらないようだ。

（人体の不思議ならぬ、霊体の不思議よね）

感心しながら観察していると、Ｏが百面相をしている。どうやったってクマは消えない。蛍夏の寝痕と同じようにクッキリとついたクマを見て、つい声を出して笑ってしまう。

「Ｏだって、人のこと言えないじゃん。寝不足でゲッソリしてるし、本当は一緒に二度寝したかったんでしょ？」

「うんにゃ。幽霊っつーもんは、疲れねーし、眠くもなんねーんだぜ？　その証拠に、今もスッキリ爽やか、体が軽い！」

鏡の中ではＯがフワリと蝶のように浮かんだあと、くるりとバク転をしてみせる。思わず「おー」と声をあげ、手を叩く。

得意満面なＯの体は透けていた。一瞬にして冷静になる。

「体が軽いっていうよりも、体がないじゃん」

ピタリと手を止め、真顔になる。鏡越しに目が合う。一秒にも満たない沈黙の後、Ｏが額に手を当て仰《の》け反った。

「ちがいねぇっ！」

ヒャッヒャッヒャッと腹を抱えて、引き笑いを繰り返すOに、冷めた目を向ける。

「まあ、顔色が悪いのも、頬がコケて見えるのも、透けてるからっていうのもあるかもね」

「そうなんじゃね？　だって俺。すこぶる良好だし」

「いや、良好の意味調べよ？　とりあえず、本体が意識不明な時点でヤバいからね？」

「意識不明じゃないって何度も言ってるんだけど」

「いやいや。こんな陽気な死人がいたら見てみたいって」

「ここにいるじゃん」

「はいはい」

これ以上ボケとツッコミをしていても埒があかない。すっかり目が覚め、頭も覚醒している。壁に掛けてある時計を見れば、アラームで起こされてから、既に一時間が経過していた。

女の子の身支度には時間がかかる。昨夜、Oと計画した日程をこなすには、そろそろ支度をした方がいい。いまだ腫れぼったい瞼が気になり、親指と人差し指で眉頭から眉尻に向けて揉みほぐす。

浮腫み取りのマッサージをしだせば、Oが興味深そうに覗き見る。その視線に気が付き、蛍夏は「そうだ！」と目を見開いた。

「こういう時こそ、Oの出番じゃん」

「はぁ？　どういうこと？」

「Oが触るとヒンヤリするし。ほらほら、今なら遠慮せずに触ってもええんやでぇ〜」

両方の人差し指で自らの瞼を指さす。チラッチラッと期待に満ちた視線を投げると、呆れたような声が返ってくる。

「お前なぁ〜……人の霊感を冷感扱いしやがって。誰が〝霊体アイスノン〟じゃ！」

「ぶっ！」

いきなり目の前に何かが飛んできた。柔らかなものが顔面に当たる。軽い衝撃に目を瞑り、おもわず変な声が漏れる。

瞼を開けると、鏡台の上にはハンドタオルが落ちていた。投げつけた犯人はOしかいない。

蛍夏は抗議の目を向けた。

「もー……いきなり何すんのよ」

「瞼冷やすよりも先に、顔洗う方が先決じゃね？」

「今からシャワー浴びようと思っていたところですけど？」

「すまんすまん。それならそうと、早く言ってくれよな」

まったく反省していなさそうなOは、軽い調子で謝罪の言葉を口にする。そして、今度はクローゼットの引き出しが勝手に開かれた。

「ふぁっ⁉」

開かれた引き出しには、蛍夏の下着が入っている。ポカンとする彼女の目の前で、いくつかの下着が浮いたり、仕舞われたりを繰り返す。

「これもいいけど、こっちもいいよなあ……」

やけに真剣な男の声が室内に響く。数枚の下着が宙に浮いたまま停止する。

「この中ならKはどれがいい？」

ご機嫌な調子で尋ねられた蛍夏は、そこでようやく我に返った。

「ばっかもーん！　なに、人の下着漁ってんのよーっ」

咄嗟に浮いている下着すべてを手中に収める。Oに非難の目を向けるが、彼はまったく悪びれた様子はない。

「いや、これは健全な男子の正しいポルターガイストの使い方だし」

「今のOは心身ともに不健全だろーがっ！　っていうか、能力の無駄遣いすんな」

「自分の彼女に好みの下着をつけて貰うためなんだから、無駄じゃないぞ」

「……いちゃいちゃできないんだから、意味ないじゃん」

「そこは、ほら。〝服の下にあんなエロい下着が……〟という男のロマンがだな……」

アホ丸出しのやり取りだが、お互い遠慮がないので心地がいい。小気味よく続く会話が楽しくて、このままではいつまで経っても支度ができない。さっさと話を切りあげることにする。

「はいはい。とりあえず、さっさとシャワー浴びてくるから、絶対に覗かないでよね！」

「え？　それってもしかして――」

「前フリじゃないからね。覗いたら嫌いになるから」

「あ、はい」

期待に満ちた目を向ける0をバッサリ切り捨てる。首《こうべ》を垂れてシュンとしたのを見届けて、蛍夏は下着とタオルを持って部屋を出ようとした。

「あ、待って！」

見えない手によって、蛍夏が持っていた下着と別の下着とが交換される。あまりの素早さに呆気にとられつつも、握らされた下着を見て蛍夏は顔を真っ赤にさせた。

それは、先日、記念日用にと購入したおｎｅｗの下着。しかも、クローゼットの奥に隠してあったものだった。

2

恋人同士の戯《たわむ》れというよりは、同性の友達、もしくは幼馴染や従兄弟とじゃれ合うような色気のない時間を過ごした後、蛍夏と0はようやく家を出た。

行き先は名古屋の下町・大須。下町といえば、レトロで人情味溢れる町を想像させるが、大須はその枠には当てはまらない。

　以前は秋葉原、日本橋とともに日本三大電気街の一つとしても有名だったが、現在ではグルメにファッション、ホビーに雑貨と多種多様な店がひしめき合っている。それでいて、歴史ある建物や演芸場（平成二十六年二月に閉館のち、大改修工事後開館）に老舗店舗が共存し、周囲には有名な寺社やパワースポットも多くある。

　新しさと古き良き文化が入り混じった、独特で国際色豊かな商店街は、いい意味でカオスといった表現がぴったりだ。名古屋駅から地下鉄で十分程度というアクセスの良さもあり、平日休日問わず老若男女様々な人で溢れかえっている活気ある街なのだ。

「上前津駅からの方が近いんだけどなあ……」

「いやいや。朝ごはん食べてないし。なんだかんだ言って、もう十一時前だし。腹が減っては戦はできぬって言うじゃん」

「ただ、食べ歩きしたいだけだろ」

「そうとも言う」

　大須商店街に足を踏み入れた蛍夏は、目を輝かせた。老舗《しにせ》洋食屋やお洒落なカフェも魅力的だが、今日のお目当ては食べ歩きグルメだ。

「大須といえば、やっぱみたらし団子よね」

「新雀のか？　あそこ、午後からじゃなかったっけ？」

「ええっ⁉　そうだった？」

「いや、分からん」

適当な返事をするOをスルーして、みたらし団子を目指して歩く。観光や買い物客ですでに商店街は賑わっている。年に数店舗は入れ替わっているので、何度来ても飽きることはない。

蛍夏は活気あふれる通りを歩きながら、次はどこに寄ろうかと店をチェックする。

商店街での楽しみは、店だけではない。あちこちに隠れアイテム的にパワースポットが点在している。

巨大招き猫に、ひっそりと佇む〝箪笥《たんす》ばばぁ〟といったモニュメントのようなものを見つけながら歩くのも面白いのだ。

普段はそんなこと気にせず、買い物や食事メインで訪れていたが、たまにはそういったものにも目を向けようと、蛍夏はスマホを取り出した。

現在位置を確認し、周辺パワースポットを検索する。

「へぇ……あとで総見寺《そうけんじ》でも行こうかな」

何気なく検索した結果を見て、ポツリと漏らす。そんな小さな呟きに、Oがすかさず反応した。

「あそこは信長の菩提寺だろ？　命日の六月二日しか参拝できねーじゃん」

「え？　ほんと？　万松寺《ばんしょうじ》が菩提寺じゃなかったっけ？」

「ああ、万松寺も菩提寺だけど……あそこは、俺的にはお寺っていうよりエンタメ要素が強い気がするんだよなぁ……なんつーか、もはやサイバー施設的な」

「あー……確かにね」

改装後の万松寺を思い浮かべる。外観ははっきり言って、お寺というよりもビルだ。入口に設置された大きな白龍のモニュメントは、LEDモニターと連動して、一日五回、水しぶきや霧を吐いたりするショーを上演している。

納骨堂の受付は顔認証。遺影や戒名がモニターで表示されるといった、近代的なお寺らしい。噂によれば、三階壁面には信長のからくり人形まであるとか。

歴史あるお寺なのに、風格と威厳を感じない。けれど、このお寺のエピソードと照らし合わせてみれば、納得もいく。

「でも、信秀の葬儀の時に、信長が位牌に抹香を投げつけた場所でしょ？　大うつけ事件の場所なんだから、ある意味、織田家の菩提寺らしいって言えば、らしいよね」

「そうだな。新しいモノ好きで、時代の変化に柔軟なところは信長っぽいな」

「だよねー」

私見が肯定され、蛍夏は機嫌よく鼻を鳴らす。すると、Oが「ふむ……」と静かに唸った。

「ってことは、Kは万松寺に行くべきじゃね？」

「はぁ？　なんでよ」

「ほら。変化に対応する順応力が養われるかもしれないからさ」

「私は十分、変化に対応できてますけど？」

「いや。できてないからご利益にあやかれよっていうことなんだけど……いろいろ伝わんねーなぁ」

まるで「しょうがないなぁ」とでも言うように〇が小さく笑う。その声には、呆れや諦めといったネガティブなものはない。むしろ、温かみに溢れていることから、嫌味や意地悪で言っているわけではなさそうだ。

（〇ってば、一体何が言いたいんだろ？）

少々頑固なところや、思い込みが激しいところがあることは蛍夏自身も認めている。けれど、きちんとした説明を聞けば納得するし、他者の意見にも耳を傾けるようにもしている。それに、流行にだって疎くはない。

決して適応能力が低いわけではないと思うのだが、〇からしてみればそうではないということなのだろうか？

モヤモヤした気持ちが沸きあがる。蛍夏が顔を曇らせたことに気が付いたのだろう。

〇がすかさず話題を変えた。

「つかさ。大須っつったら、普通は大須観音じゃねーの？」

「だって、この辺で薬師如来は、総見寺だってスマホが教えてくれたんだもん」

拗ねる気持ちをうまく隠すことができず、蛍夏は唇を尖らせてしまう。そして、つっけんどんな態度で、検索結果を表示したスマホを声のする方へと突き出した。

イヤな態度を取ってしまったと後悔するよりも先に、Oがさらりと流した。

「なんで薬師如来なんだよ」

「そりゃ、Oが早く意識を回復するよう願うために決まってるじゃない」

「はあ……そうくるか」

耳元で盛大な溜息を吐き出された。呆れを通り越して、諦めにも似たOの態度に蛍夏はムッとする。

「ちょっとぉ。ひとが本気で心配してるっていうのに、なんでそういう態度をとるわけ?」

口を尖らせると、「心配されても、これぱっかりはどうしようもねぇしなぁ……」とOがぼやく。

落ち込んだような声に、蛍夏が顔をあげる。

「あ……ごめん。もしかして自分の意思では体に戻れないとか?」

「まあ……な」

歯切れの悪い答えに引っ掛かりを覚える。しかし、次に発せられたOの言葉ですぐに頭から消え去った。

「つか、やっぱ午後からみたいだぞ」

いつの間にか目的の場所に到着していた。いつもは店の前で団子を焼いているのだが、今はまだシャッターが閉まっていた。

「ショックすぎる」

ガックリと項垂れる蛍夏の肩をOが叩いた。ポンポンッと慰めるような感触に、力なく笑う。

「営業時間、調べて来るべきだったよな」

Oの言うことはもっともである。しかし、和菓子屋というものは、朝から開いているというのが蛍夏の中での勝手な常識だった。

「解せぬ」

恨みがましくシャッターを見つめる。食に対する執着心を見せ、なかなかその場から動こうとしない蛍夏を見かねたのだろう。

スマホを持つ蛍夏の手首をOが握った。そして、操作しやすい位置まで持ちあげられる。

「大須は団子だけがグルメじゃないだろ？」

いつの間に検索したのだろうか。画面には最新の大須グルメ情報が表示されていた。

「台湾の焼き包子や万松庵のあげまん棒は定番だし、スコーンサンドも捨てがたい！」

画面をスクロールすれば、かき氷や五平餅、ブラジル料理にベトナム料理と、様々な料理が表示される。写真を見るだけで食欲が刺激され、涎がでてきた。

あれも食べたいし、これも食べたい。見るものすべてを制覇したい欲求に駆られるが、胃袋の大きさは無限大ではない。それに、今のOには肉体がないので、半分こもできない。

取捨選択を余儀なくされ、頭を悩ませる。

「つか、本日のメインイベントの近くに飛騨牛パティのバーガー屋があるんだけど、そこの『食べ歩きスライダーズ』っつーのが食べ歩きにピッタリなんだよなぁ」

ハンバーガーは珍しくもなんともないが、変わったネーミングに心惹かれる。

「え？　何それ」

「紙容器に入ったスパイシーなフライドポテトの上に、手のひらサイズのミニバーガーがトッピングしてあってさ。バーガーの数も一ピースから三ピースの間で選べるんだぞ」

「うわっ。めっちゃ気になる！　でも、そんな店があること、０から初めて聞いたんですけど」

「俺だって、今回のグループ展の打ち合わせでギャラリーに集まった時に、仲間から教えてもらったばっかだし。だいたい、俺らはあんま大須に来ねーんだから、知らない店ばっかだろーが」

「言えてる。でも、そっか。ギャラリーの近くにあるんなら、ソコは食べ歩き最終目的地にしようっと」

小さくともハンバーガーはハンバーガーだ。そこそこ腹にガツンとくることを想定し、蛍夏は自分のお腹と相談する。

「暑いからアイスは絶対に食べたいでしょう……トルネードポテトはフライドポテトと被るからナシだし……炙りステーキ寿司も食べたいなぁ……あーでもでも！　いちご飴と綿あめは甲乙つけがたい！」

「……どんだけ食べる気マンマンだよ。ほんとは写真展じゃなくて、コッチがメインだったんじゃねーの？」

夢中で大須グルメの検索をしだした蛍夏の様子に、Ｏが肩を竦めた。

結局、食べたいものを絞り切ることができず、気になるものを片っ端から食べ歩く。その結果、胃袋がキャパオーバーしたのは言うまでもない。

「うー……食べ過ぎた……」

「ああ。見ているだけで吐きそうになったのは、俺も初めてだわ」

ぽっこりと膨らんだお腹を擦れば、げんなりとしたＯの声が聞こえた。

「実際に食べた身としては、喉元まで食べ物が詰まった感じがするわ」

「それ、もはや吐き出す一秒前だろ」

「いや。表面張力でギリギリを保ってる感じ？」

「胃におさまっていない時点で、ギリギリ保たれていないどころか、胃もたれしてるよな」

「誰がうまいこと言えと？」

軽口の応酬をしている間に、大須通沿いにある裏門前の交差点付近まで来た。

「さてと。手前にギャラリー、少し進めばロッキン・ロビン《ハンバーガー屋》があるけど、どうする？」

今食べたものが消化するまでは、もう胃が何も受け付けないことはＯも分かっているだろう。

それでも〆《しめ》に食べると宣言していたものだ。

一応訊いておくだけ訊いておこうといった感じで問われた蛍夏は「もう、これ以上は食べられません」とギブアップ宣言をする。

「まあ、お前はまた食べに来ればいいしな」

Ｏが蛍夏の腕を掴む。冷たい感触にはもう慣れた。蛍夏は大人しく、Ｏに誘導される。

ピーコックブルーともアラビアンブルーとも言えない不思議と惹かれる色をした看板が目に飛び込んできた。白い文字で『ＳＣＡＬＡ』と書かれてある。

「スカラ？」

「いいや、スカーラって読むんだってさ」

「意味は？」

「さあ……分かんね。ネットで調べてみたらイタリアの基礎自治体名だったけど……アートといえばイタリアっていうイメージからじゃね？」

「まーた適当なこと言ってるし」

片方の眉をあげて、声のする方に蔑むような視線を向ける。

すると、Ｏが慌てたように付け足した。

「ま、名前の由来は分かんねーけど、めっちゃお洒落な空間であることは間違いねーよ」

ひと際目立つ黄色の扉を見れば、そんなことは言われなくても分かる。ドアノブに手を掛ける前に、静かに扉が開く。目の前にカラフルな階段が現れた。

一瞬、ギャラリーから誰かが出てきたのかと思い、思わず身構えるが誰もいない。どうやらＯ

が扉を開けてくれたようだ。

「三階は音楽サロン。二階がギャラリーだから間違えんなよー」

「はーい！」

階段の上からは複数の人の気配がした。活気というか熱気のようなものも感じられる。素人写真家のグループ展とはいえ、来場者は結構いるようだ。

（Oがカメラをはじめて十年目か……今年はどんな写真を展示したんだろ）

最初にグループ展に参加したのは四年前だ。それからは毎年恒例の行事《イベント》となっている。

（まあ……題材はいつもの〝アレ〟なんだろうけどね）

一段一段のぼるたびに、気持ちが高揚していく。わくわくとした表情で目を輝かせる蛍夏は、背後でOが柔らかい笑みを浮かべつつも、どこか寂し気な顔をしていたことに気が付くことはなかった。

3

二階にあがると、流れ落ちる滝と月のコントラストが美しいポスターが目に飛び込んできた。ポスターには写真愛好家たちによるグループ展『光陰流水？　変わらないもの・変わりゆくもの？』と記載されている。

受付に座る女性が蛍夏に気が付いた。

「いらっしゃいませ」

朗らかな笑顔で迎えてくれた受付の女性は蛍夏よりも、ひと回りほど年上だろうか。落ち着いた雰囲気を身に纏っている。

「あ……展示会に来たんですけど」

「ありがとうございます。割引券や招待券といったものはお持ちですか？」

「はい」

二週間前にOから貰った招待券を差し出す。丁寧な仕草でチケットを切り取られ、半券を受け取った。

「もしよろしければ、ご記帳お願いできますでしょうか？」

流れるような仕草で女性が五本の指を揃え、掌を上に向けたまま芳名帳を指し示す。意外と慎重な面を持つ蛍夏としては、個人情報の流出につながるのではと、猜疑心を持って断るところだ。

しかし、あくまでも強制的ではないといった雰囲気を感じさせる穏やかな口調に、蛍夏は好感を持った。ましてや、Oの仲間たちの展示会だ。悪用はされないだろう。

二つ返事で快諾し、蛍夏は記帳した。

「ありがとうございます」

再度、感謝の言葉を告げられ蛍夏は会釈する。

「それでは、ご自由にお楽しみくださいませ」

パンフレットを手渡された蛍夏はいよいよ会場内に足を踏み入れた。

多種多様な表情を持つ樹種の板を、モザイクのように組み合わせた美しいフローリングに目を奪われる。室内全体がモダンでありながらも、決して華美でも奇抜でもない。色調はナチュラルに抑えられ、素材の良さが前面に押し出されている。

お洒落でありながらも、どこかホッとさせる空間は、展示物をゆっくり楽しむのに適しているなと蛍夏は感嘆の息を漏らした。

「あ、これ。浅野さん……さっき、受付にいた人の作品だよ」

入ってすぐの壁にかけてあるポートレートの前に立った瞬間、耳元で〇の声がした。

小さな手を握る老婆のアップがモノクロで写されている。柔らかそうな手の主は写ってはないけれど、ふっくらとした質感と、やけに白く感じさせるその手は、明らかに幼子のものだ。老婆の孫の手なのか、それともまったく赤の他人のものなのかは分からない。

けれど、無垢なものを包み込む、年輪が刻まれた手の温かさ。そして、顔を皺くちゃにして笑っている老婆の目に光るものから感じられる慈しみといったものが、ひしひしと伝わってくる。

「写真って、撮る人の性質も反映されるんだね」

ついさきほどの穏やかな対応を思い出し、蛍夏は素直な感想を口にした。

「性質もそうですが、その時の気分や、考え、価値観……ある意味、レンズを通してアイデンティティを切り取っていると言っても過言ではないかもしれません」

「え?」

てっきりOから返事が来ると思っていただけに、蛍夏はまったく聞き覚えの無い声に驚く。目を真ん丸にして振り返れば、そこには同世代と思われる男性が立っていた。

白の麻シャツにブラックパンツといったシンプルな装いは、スラリとした体型によく似あっている。少し色素の薄い茶色の瞳には、理知的な光の中に僅かな好奇心が宿っているように見えた。よく言えばワイルド系、悪く言えば野生のボス猿といったOとは正反対の王子系キャラの出現に、蛍夏はあんぐりと口を開けたまま固まった。

「ああ、すみません。いきなり話しかけてしまって……」

眉をさげる男性に、慌てて「大丈夫です」と言ったものの、蛍夏はそこで違和感を覚えた。男性に気づかれないよう少しだけ首を傾げる。すると、真横から大きな舌打ちが聞こえた。

自分以外には聞こえないとは分かっていても心臓に悪い。目の前にいる男性を警戒しつつ、Oがいるであろう場所を素早く睨む。それからすぐに視線を男性へと戻した蛍夏は、違和感の理由に気が付いた。

申し訳なさそうにしていながらも、男性の口元が微かにあがっているのだ。好青年のような顔をして、何を企んでいるのか分からない。無意識に眉根を寄せる。

不快さを表に出しても、男性は驚きもしない。それどころか、彼の目には喜色が滲んでいた。

「ふふふ。そんなに威嚇しないでくださいよ」

降参するように両手をあげ、綺麗なアルカイックスマイルを見せる彼は、第一印象とは違って胡散臭さ満載だ。

写真展なんかでナンパするようには思えない。それ以前に、この男の容姿ならば、自ら誘わなくても女性の方から寄ってくるだろう。

会場内には蛍夏以外にも来場者は何人もいる。展示物の説明役であれば、先に来場した人にもそういった人がつくべきだ。

（いったい何が目的で私に声をかけたの？）

男性の表情からして、明らかに蛍夏を狙って声をかけたのは確かだ。訝しく思っていると、耳元でOが疲れたような声を出した。

「すまん俺のせいだ」

周りに人がいるので、振り返ることはできない。片方の眉を少しあげ、Oに話の続きを促した。

「あいつ、グループ展の一員なんだ。で、やたらと俺に絡んでくる奴なんだけど……前にメンバー全員で打ち合わせした後、強引に飲みに付き合わされてさぁ。そん時、Kの話もしたから、アイツ、お前に興味持ったのかもしれん」

〝たかが写真仲間の彼女ぐらいで興味なんか持つわけないだろう〟と苦笑いしつつも、蛍夏は「なるほど」とも思った。この男性がどのような気持ちでOに絡んでいたのかは分からないが、グループ展がはじまってから○はきっと会場に足を運んでいない。

現在、意識不明なのだから連絡も取れないのだ。無責任だと苛立つ以上に心配したのだろう。それで、芳名帳に○の口からでた名前を見つけて、声をかけてきたに違いない。

蛍夏はあらためて○の仲間を見た。彼の目はどこか楽しげで、蛍夏を見ていないような気がする。

けれど、目と目が合った瞬間、彼が目を見張る。それは一秒にも満たないほどの目の動き。彼のことを注視していた蛍夏だからこそ気が付いた変化であったが、すぐに紳士の仮面をつけて微笑んだ。

「はじめまして。賀茂忠保《かもただやす》って言います。貴女は館山くんの彼女――水嶋蛍夏さんですよね？」

語尾をあげ、尋ねる風《ふう》でいて彼は確信している。それもそうだろう。きっと彼は芳名帳に書かれた名前を見てから、蛍夏に声をかけたのだから――

誤魔化すことなく頷けば、賀茂が破顔した。

「よかった！　絶対に間違ってはいないって分かっていても、もしもっていうこともありますから。声をかけるのに少しだけ緊張しましたよ」

ホッとしたように笑う彼は、先ほどまでの嘘臭さはない。とはいえ、初対面の相手だ。何を考えているかは分からない。

どう対処しようかと思っていたが、蛍夏の横にいるであろうOは「下手なこと言いやがったら悪戯してやる」と文句を言いながら警戒心を解いていない。

ということは、蛍夏が気を許していても、いざというときはOが対処してくれるだろうという安心感がある。であれば、蛍夏が起こす行動は一つだけ。大人な対応である。

「はい。Oの……央理と付き合っている水嶋です。Oから賀茂さんとは写真仲間だって聞いています。賀茂さんもこの展示会に参加されているんですよね？」

今聞いたばかりの情報を組み込みながら、返事をする。Oから話を聞いていると言ったことで気を良くしたのだろう。賀茂は嬉しそうに目を細めた。

「ええ。僕の作品もありますよ。それはあとで紹介しますが……館山くんはどうしたんですか？」

すでにOから蛍夏が彼女であることを聞いている賀茂としては、一緒に来ることを予想していたのだろう。そして、受付もしない、会場の案内もしないOに文句を言うつもりだったのだろう。にもかかわらず肝心な人の姿はいない。どうしたと聞くのは当然のことだ。

（とはいっても、「Oは今、どこかで意識不明なんですよ。生霊なら傍にいますけどねー」なんて言ったら、私の頭が疑われるっちゅーの）

うまく誤魔化すために、頭をフル回転させる。下手なことを言えば、あとあと辻褄が合わなくなって墓穴を掘る。だったら、嘘の中に真実を含ませる方が自然な理由になるだろう。

「Oは皆さんに連絡していないんですか？」

わざとらしくならない程度にびっくりした表情を見せる。賀茂が頷いたところで、顔を俯かせる。

「あー……Oってば、ここのところずっと体調が悪くて寝込んでいるんですよ。私が部屋に行っても怠そうにしているんで、電話すらできないのかもしれませんね」

「スマホは繋がらないし、メッセージは既読にならないので心配していたんですが……理由が分かってよかったと言うべきか、なんと言うべきか……」

Oへの苦言を伝えようとしたのに、そんな状況ではないことを知り、憤りの行き場を失くしたのだろう。賀茂が二の足を踏むような態度を見せる。考え込むような仕草をしながら、蛍夏の背後をじっと見る。

彼の視線の先に何があるのかと思い、振り返れば、そこには浅野の作品があるだけだった。

声をかけられてから五分以上経過している。

会場はそこまで広くはない。あれからもポツポツとお客が来場している。大人二人が会場入って直ぐの第一作品目の前で立ち話をしていたら、邪魔でしかない。

「あの……Oが迷惑をかけてすみませんでした。メンバーの皆さまには後日改めてOに謝罪させますんで……今日は展示会を楽しませてください」

Oの知り合いであっても、蛍夏とは初対面だ。年は近くても、性別も趣味も違えば、共通の話題も思いつかない。そうでなくとも、実は人見知りな蛍夏には、初対面の相手と楽しく会話をするコミュニケーションスキルは皆無だ。

ここはさっさと逃げるに限る。挨拶もそこそこに蛍夏は別の展示物へと移動することにした。

くるりと方向転換し、順路を進もうとした蛍夏の肩を賀茂が掴んだ。

「え？」

「げげっ」

思いもよらない賀茂の行動に、蛍夏が間抜けな声を出すと同時に、Oもまた変な声を出す。

姿は見えなくても、Oの気持ちはよく分かる。面倒臭い人に捕まった蛍夏は、Oの代わりに絡まれるであろうことを想像し、げんなりとしたまま振り返った。

「館山くんには日ごろからお世話になっていますし。せっかくなのでご案内しますよ」

ニコニコしながらも目は笑っていない。口には出さないが「僕のこと、面倒くさい人だと思っているでしょ？　そういうところ。館山くんに似てますね」と言わんばかりの視線が突き刺さる。

正直言って、断りたい。案内役なら音声ガイドとしてOがいる。しかし、そんなことは言えるわけもない。

近くでOが「最悪だー」「つか、ひとの彼女に馴れ馴れしすぎなんだよっ！」「まじでうぜぇぇぇ」と喚いているが、蛍夏も同じ気持ちである。

「私なんかにお時間を取らせては悪いので遠慮します」

蛍夏はＮＯと言えない日本人ではなく、はっきりきっぱり断れる人間だ。片手を突き出し、掌を賀茂に向けてお断りする。

だがしかし。さすがにＯが面倒くさそうにするだけはある。空気が読めないのか、わざとなのか……後者であることは間違いない。

「いいえ、遠慮なさらずに。ちょうど今日は僕も時間がありますし。何より館山くんの彼女である水嶋さんとは一度話してみたかったんで。是非、ご案内させてください」

引き下がらない。むしろ、グイグイくる。しかも今度は「案内させてください」と下手に出られてしまえば、一度断っているだけに無碍にはできない。

それに中身はどうあれ、見た目だけは人の好さそうなイケメンなのだ。彼からの厚意をこれ以上拒絶すれば、悪目立ちする。

面倒臭さと周囲からの視線とを天秤にかけ、蛍夏は折れることにした。

「不本意ではありますが、お願いします」

相手の思惑通りに行動することが面白くなくて、嫌味を付け加える。ふくれっ面のまま頭を下げれば、賀茂が満面の笑みを見せた。

「ええ。お願いされますね」

爽やかな笑顔の中に腹黒さが垣間見える。見た目もそうだが、裏表のないＯとは性格も真逆だ。

（そりゃ、Ｏも気が合わないわけだ）

厄介なことになったなと、心の中で溜息を吐く。しかし、そんな蛍夏やＯの予想を裏切り、余分なことは喋らず丁寧に作品を案内してくれた。

自然や動物、景色や人物。カラーにモノクロ。

被写体とのバランスや構成、そして現像のやり方等がそれぞれ違うのだろう。カメラという機械を通して写し出されているというのに、写真そのものに個性が溢れ出ていた。

撮影者の性格や人柄というものも踏まえた賀茂の説明に、蛍夏は夢中になる。個々の性質と写真から醸し出される雰囲気とが妙にシンクロするのも面白い。

「こいつ、結構まともな解説するじゃん」

感心したように唸る〇に同意するように、蛍夏は賀茂に感謝した。

「賀茂さんの説明、すっごく分かりやすくて面白いです」

「ふふふ。そういってくれると僕も嬉しいです」

賀茂が謙遜することなく蛍夏の言葉を受け止める。ただ、褒められるのは嬉しいのだろう。鼻歌でも歌いだしそうなほど機嫌が良くなったように見えた。

「次は水嶋さんにとって、メインの作品になります」

最終コーナーを曲がると、視界一面に広がる無彩色の美しさに目を奪われる。

写されているのは、精神的な結びつきを深めるため、罪の告白、あるいは静かに祈りを捧げるための場所だ。目的は違えど、かつては多くの人が集まるために作られた場所というのは、廃《すた》れても神聖な空気というものは失われないのだろうか。

廃墟と化し、会衆席や信徒席、そして祭壇がひっそりと、うつろの中に佇んでいる。過去、ここは光と温もりに溢れていたことだろう。けれど、この世は常に変化し、とどまることはない。変化についていけなければ、その波にのまれ、形あるものはいずれ朽ち果てていくのみ。

写真から伝わってくるのは、Oの一貫したテーマだ。その圧倒的な世界観に蛍夏は言葉を失う。無意識に足が動く。吸い寄せられるようにして蛍夏はOの作品に近づいた。

「央理……」

愛しい名前をポツリと漏らせば、それが引き金となる。自身の気持ちに気が付くキッカケとなった記憶が、走馬灯のように脳裡を駆け巡った。

＊＊＊＊＊

Oに興味を持ったのは、中学にあがってからのことだ。

それまでの彼は単なる幼馴染――いいや、単なる隣人でしかなかったように思う。

もしかしたら、物心ついた頃は、また別の想いがあったのかもしれない。けれど、幼い頃なんて、女の子の方がマセている。同世代の異性と仲良くするだけで、周囲から冷やかされるなんてことはしょっちゅうだった。それが面倒で、はじめに距離を取ったのは蛍夏の方からだったように思う。

そのせいか、小学生時代はあまり一緒に遊んだ記憶はない。

ただ、Oが中学の入学祝いで貰ったカメラに夢中になっている姿を見た時、蛍夏は衝撃を受けた記憶がある。

それまで、なんの印象もなかったOが、やけにキラキラ輝いて見えたのだ。

まるで周囲のことなど気にすることなく、ただただ自分の世界に没頭する姿は、いつも親の言いなりに過ごしていた蛍夏にとってはあまりにも眩しく見えた。考えてみると、趣味や習い事さえ、親や友達に勧められたり、影響されたものしかない。しかも、要領がよく、なんでもそつなくできてしまう。そのせいか、蛍夏にはそこまで何かに夢中になった経験がなかった。

それから、Oを目で追うようになった。放課後にこっそり彼のあとをつけたこともあった。

そして、いつも思うのだ。レンズを覗く時の真剣な眼差しと、シャッターを押した瞬間に口角があがるのを見る度に、「ああ……コイツ。生きてる」と――

Oへの興味はいつしか羨望に変わった。なんの目的もなく彷徨う虫が光に誘われるように、蛍夏からOに近づいた。

隣人であり、幼稚園の頃は一緒に遊んだこともある。それに付け加え、Oは大雑把で自由人なタイプだ。邪魔さえしなければ大抵のことは許してくれる。だから簡単に、Oとは仲良くなれた。

とはいえ、その時はまだ彼に対する気持ちは、自分にないものを持っているという「好奇心」と「憧れ」だけでしかなかった。

それが変わったのは、彼が「廃墟」を撮りだしてからだろう。

蛍夏は廃墟に美しさも芸術性も感じたことはなかった。むしろ、廃れておどろおどろしいだとか、ボロくて汚らしいといったネガティブなイメージしかない。もっと言うなら、何の役にもたたない邪魔な廃棄物としか思えなかった。

だから〇が「俺、廃墟撮りたいんだよね」と言い出した時は、なんでそんなものが撮りたいのか理解できず、思いっきり顔を顰めたような気がする。

それまで〇が撮っていたものは、植物や動物といったものが多かった。

時々、クラスメイトや家族に頼まれて、集合写真やイベントなんかも撮ったりしていたが、彼が撮影した写真はどれも生命力や温かさに溢れていた。

同じものを見ている筈なのに、同じところにいた筈なのに、自分が見ていたものとは違う世界が〇の写真の中に存在する。蛍夏は、彼の写真を見る度に、〝これが彼の見ている世界〟なのだとドキドキさせられた。

被写体の魅力を引き出せるということは、それだけ〇が愛情や熱意をもってレンズを覗いている証拠だ。二度とない一瞬のきらめきを写真に切り取る〇を尊敬していた。それだけに、何故、朽ちていくだけの廃墟なんかに興味を持つのかまったく意味が分からなかったのだ。

〇の作品を目にするまでは――

幼馴染というよりも、隣家だからこその特権だろう。現像した写真をいち早く見せて貰った蛍夏は声を失った。

割れた窓から差し込む日差しが、床一面に溜まった埃に反射する。白に近い灰色の空間には、くすんだ作業台の上に放置された機材が鈍い光を放っていた。錆びた鉄骨がむき出しとなっているにもかかわらず、堅牢さを失っていない。

かつて、ここで働いていた人の気配が物悲しく残り、儚い美しさを感じる一枚は蛍夏の心を震わせた。

「廃墟ってさ。栄枯盛衰っつーか、諸行無常っつーか……人生そのものって感じしねえ？」

無言で写真を凝視する蛍夏の鼓膜を、照れ臭そうなOの声が震わせた。ハッとして顔をあげれば、Oが手元の写真を見つめている。その表情がやけに大人びて見えた。写真を通してどこか遠くを見つめるOの姿に胸が騒《ざわ》めく。反射的にOが着ている服の袖を摘まんでいた。

「どした？」

きょとんとした表情でOが小首を傾げる。

「え？」

Oの視線を辿り、慌てて袖から手を外した。

「ご、ごめん」

「ぶはっ！　やっぱ、蛍夏は廃墟っつーと、心霊スポットをイメージしちゃったわけ？」

ケラケラと笑うOは、蛍夏が廃墟の写真を見てビビッたと勘違いした。

だがしかし、そうではない。遠い目をしたOを見て、蛍夏は自分を置いて、どんどん違う場所へと向かう彼に置いて行かれたくないと感じたのだ。

「マジか……」

〝Oの傍にいたい。Oの見ている景色を自分も一緒に見たい〟

この気持ちが好奇心でも羨望でもなく、彼に惹かれているのだと気が付いた瞬間だった。

一瞬にして頬を染め、顔を俯かせる。その様子を見てOは、蛍夏が怖がっていることに気づかれて、恥ずかしくなっていると思ったのだろう。Oにゲラゲラ笑われながら背中を叩かれたのは、今ではいい思い出だ。

その数週間後。

蛍夏が告白し、目を白黒させて慌てていたOの姿は今も脳裏に焼き付いている。

＊＊＊＊＊

「ほんと、嫌味なまでに本質を暴き出すと思いません？」

すぐにでも触れられる距離にまで作品に近づき、物思いにふけっていた蛍夏の耳に賀茂の声が響く。

あまりにもその声が近くに聞こえ、肩を震わせる。いつの間にか賀茂が蛍夏の真横に移動していた。

しかし、その視線は蛍夏に向けられてはいない。うっとりとしつつも、寂しげな表情でOの作品を見つめていた。

「それ以上に、在りし日の栄華、賑わいを感じさせつつも、ここだけが時間や時代に取り残されているような……朽ちていく中での寂しさと侘しさ、儚い美しさのようなものを感じます」

質問に答えるわけではなく、蛍夏は純粋な感想を述べた。賀茂がOの作品から視線を移動させる。色素の薄い瞳がジッと蛍夏を捉えた。

透き通るような綺麗な茶色の一対が、蛍夏の心の奥深くを覗き込むように見つめる。顎に手をやり、考えるような素振りをした賀茂がおもむろに口を開いた。

「……なるほど。ジョン・アンリ・ファーブルの言葉を借りれば〝死は終わりではない。更に高貴な生への入り口である〟っていうことですね」

高尚な言葉に、文学や芸術といったものには学のない蛍夏がぽかんとする。意味が通じていないことを察したのだろう。賀茂が苦笑する。

「まあ、僕の意見は置いておいて――」

そこで賀茂が一旦言葉を区切った。先程までの軽薄な笑みが賀茂の表情から消える。彼の目がゆっくりと動く。その視線の先は、蛍夏の背後だった。

「どうかしましたか？」

怪訝な顔をして、背後を振り返ろうとした時、賀茂が静かに。それでいて厳しい口調でそれを制した。

「動かないで」

ビクリとして蛍夏が固まる。目を大きく見開けば、賀茂がゆっくりと自分の視線の先を指さした。

「ずっと気になっていたんですけど……水嶋さん。なんで館山くんの霊を連れて歩いているんですか？」

その瞬間、蛍夏は一気に頭の中が真っ白になったのであった。

三日目

1

アラームが鳴る前に蛍夏は目を覚ました。カーテンから朝陽が漏れていないところをみれば、まだ夜明け前だろう。

上半身を起こし、室内を見渡す。Oの姿が見えないのは当然だが、気配すら感じられない。

「O、いる？」

ためしに声をかけてみるが、やはり返事はない。幽霊は寝なくても大丈夫だと言っていたが、蛍夏が寝ている間、どこかへ行っているのだろうか？

（もしかして、体に戻ったとか？）

そうであればいいのにと思いながら、蛍夏は昨日のことを振り返った。

＊＊＊＊＊

写真展で賀茂にOの存在を指摘された蛍夏は、動揺を悟られぬよう静かに息を吐くと、「え？何を言っているんですか？」と言って誤魔化した。

賀茂が蛍夏の言葉をどう捉えたのかは、分からない。けれど、賀茂の視線と交わらないことに気が付く。

その時、ふわりと空気が動く気配がした。それと同時に賀茂の視線も移動する。眉や口元をピクピクと動かし、笑いを堪えている。

さきほど、Oは賀茂が苦手だというようなことを言っていた。とすれば、自分の姿が視えないと思っているOが、賀茂に向けて変顔していてもおかしくはない。

(もしかして、この人、本当にOが視えてるの？)

途端、腹の底から不安とも焦りともつかない気持ちがこみあげてくる。

〝これ以上はここにいられない〟

蛍夏は咄嗟に仮病を使う。急に体調が悪くなったことを告げ、お礼の挨拶もそこそこに、会場を後にした。その間、Oが何かを言ってくるようなことは無かったので、失礼な言動はしていないだろう。

ギャラリーから出たあと、蛍夏はOに話しかけなかった。それはOも同じ。彼は蛍夏が仮病を使ったことに気が付いていた。けれど、変なところで人の気持ちに敏感なOは、なんとも言えない気持ちを抱えた蛍夏を気遣って、無言で傍にいてくれていたのだと思う。

あれから、どこかに寄る気持ちにもなれず、自宅アパートに真っ直ぐ帰宅した蛍夏は、玄関脇の鏡にOの姿を見てホッとしたのを覚えている。

ただ、その後の記憶はない。ボーッとしているうちに、いつの間にか寝てしまっていたようだ。

＊＊＊＊＊

そこで思考を一旦止めた蛍夏は、ふと自分の体に目をやった。着ている服が昨日のまんまであることに気が付く。

「もしかして……」

恐る恐る頬を触る。やけにベタベタするのは、皮脂や美容クリームのせいではない。皮膚を通してザラつき感も伝わってくる。

「嘘でしょ？」

頭で考えるよりも先に、体が動いた。大股　でバスルームへ向かうと、洗面台に映る自分の顔を見て絶叫した。

「いやーっ！　顔すら洗ってないじゃん！」

「あとで枕もシーツも洗った方がいいんじゃね？」

両手で頬を挟み、リアル・ムンクの叫びを披露すれば、鏡越しに蛍夏の顔をまじまじと観察する０と目が合った。

「二十歳《はたち》も過ぎりゃ、お肌の曲がり角っつーだろ？　きちんと夜のお手入れはしましょうねぇ～」

ニヤニヤしながら揶揄《からか》ってくる０に腹が立つよりも先に、驚愕のあまり蛍夏は固まった。

驚いた理由は、いきなりOが現れたからではない。軽い口調に軽いノリ。声だけを耳にすれば、蛍夏だって同じ調子で返事をしただろう。

けれど、鏡に映っているOの姿は冗談にしてはリアルすぎる。妖怪やお化けのように、幽霊も自由に姿形を変えられるんだろうか？

そうであれば「ふざけんな！」と言って笑い飛ばせるが、そんな話は聞いたこともない。

蛍夏は鏡を凝視したまま掠れた声を出した。

「ねえ、O。あんたも顔、ヤバくない？」

「あぁ？」

力なく腕をあげ、鏡を指さす。鏡越しとはいえ、指をさされたOが拗ねたように唇を尖らせた。

「だってしょうがねぇじゃん。今、真夏だよ？　山奥っつったって、日中は気温三十度超えちゃうんだぜ？　そりゃぁ、死んで三日も経てば腐りもするって！」

返ってきた答えは、まるで、生《なま》ものを冷蔵庫に入れ忘れて外出した時の言い訳かのようだ。ある意味、〝生もの〟には変わりはないが、問題はその〝生もの〟だ。

食べ物や生花《せいか》ぐらいなら、「仕方がない」で済む。しかし、腐っているのはOの顔――いいや、O自身なのだ。

「……まさか、本当に死んでるの？」

震える声が口から洩れる。頭の中には「もしかしたら……」という気持ちが無かったわけではない。それでも、蛍夏は０が生きていると信じていた。

土気色の肌に生気はない。頬がこけ、落ち窪んだ目をしていても、一日、二日何も食べていないのだから衰弱しているだけだと自分に言い聞かせていた。

けれど、黒ずんだ眼窩《がんか》に収まる眼球が白濁を通り越し、混濁しているのを見れば、その希望も打ち砕かれる。

糸の切れた操り人形のように、蛍夏はその場に崩れ落ちた。

「はじめっから言っただろ？　俺、死んじまったって」

淡々とした声には悲壮感も何もない。こんなにも穏やかなに自分の死と向き合える人間なんているのだろうか。

その疑問こそ、蛍夏が０の死を受け入れられないでいたわけではなく、生きていると信じていた理由だった。

友人や知人の死を想像するだけで、悲しくなり、胸が張り裂けそうになるのが『人』というものだ。それが、自分にとって大切な人であればなおのこと。亡くなったという現実すら、なかなか受け入れられることではない。

なら、『自分自身の死』を目にしたとしたら？

蛍夏は自分の死を思い浮かべる。病死・交通事故死・水難事故――あらゆる可能性が頭を過る。その度に、テレビやネットで得た知識や画像と、自身の姿を重ね合わせてしまう。惨たらしい姿となった自分を想像し、ブルリと体を震わせた。

「なんでそんなに冷静でいられるのよ」

自分の死を理解している時点で、Oは間違いなく〝動かなくなった体〟を目にしているはずだ。

もしかしたら、朝、蛍夏の傍にいなかったのも、腐りゆく肉体を確認しに行っていたのかもしれない。

残酷な現実を目にしてなおも普通でいられる人なんているのだろうか？

すべては、Oの飄々とした態度。そして、あまりにも無味無臭――すなわち、〝死んでいる〟とは思えない彼の雰囲気が、蛍夏の感覚を麻痺させていたのだ。

わなわなと震える蛍夏に対し、Oが柔らかな声を出す。

「いやぁ……だってさ。俺にはお前がいるじゃん」

「は？」

予想だにしていなかった答えに蛍夏がポカンと口を開けたまま、間抜けな顔を晒した。

「Kにはいつも言っていただろ？」

「……何を？」

「たとえ文明や文化、建物や生物が失われても、そこにあった〝想い〟は必ず誰かに引き継がれていくものだって……」

「どういうことよ？」

Oが口にしたのは、かなり重要なことだ。けれど、Oの死を初めて受け入れた蛍夏にとっては、その言葉を咀嚼《そしゃく》して考えるほどの余裕はない。Oが何を言いたいのか本気で分からず、小首を傾げる。

「俺だって、死んだ直後はその場でパニクったっつーの」

ケラケラと楽しげに笑っているが、その声はどこか物悲しい。目は憂いを帯び、無理矢理口角をあげていることを、蛍夏は今になって気が付いた。Oもまた、普通の人間同様に、混乱し、絶望し、苦しみながらも、死を受け入れたのだと分かる。

気持ちを切り替え、清々《すがすが》しい空気を纏っているOが切なくもあり、悔しくもある。

「そりゃそうだよ。死んだら全部終わりじゃん。誰だって、生きるために足掻くもんでしょ」

Oの死を理解し、ショックのあまり喚き散らしたい気持ちを抑えつつも、蛍夏の口から本音が飛び出した。

Oを困らせたいわけじゃない。Oに辛そうな顔をさせたいわけでもない。けれど、蛍夏だって、数年、数十年先まで一緒にいると思っていた人が、突然いなくなるだなんて思ってもいなかったのだ。

蛍夏が吐き出した言葉は、死んだ立場からしてみれば答えようがないことぐらい理解している。言ってはいけないと分かってはいても、理性では止められないのが感情というものだ。

Oだって死にたくて死んだわけではない。きっと、蛍夏の言葉に少なからず傷ついただろう。

蛍夏は感情のままに言ってしまったことを後悔した。

けれど、言われた本人は苦々しい表情を見せたものの、それはたったの一瞬だけだった。すぐにOは口元を緩めた。

「前々から言ってるだろ？　何百年、何千年も前の文字や絵、文化や遺跡、遺産どころか、一個人である芸術家や音楽家の作品なんかも、今だに残っているだろ？」

「だから何よ」

「ってことは、死んだら終わりってわけじゃない。たとえ、この身は朽ちても、熱い想いはずっと残っていくってことだ」

「そんなの詭弁《きべん》よ！　世界に名を残す奇才ならまだしも、単なる平凡な人間が死んだところで、残るのは故人を知る人の中にある思い出だけじゃない」

「俺の想いをお前が繋げてくれりゃあ、それが歴史になるんじゃねえの？」

とんでもないことを言いだすOに、蛍夏は絶句する。目を真ん丸にしたまま鏡を見あげる。すると、濁った瞳と目が合った。光を宿さない混沌とした瞳の奥に、何故か、どこまでも広がる闇の世界を感じた。

魂ごと吸い込まれるような気持ちになったところで、咄嗟に咳払いをして冷静さを保つ。

「……バカなこと言わないで。個人の力なんて、せいぜい知り合いと思い出を語る程度なもんよ」

「川だってそうだろ？　源流は小さな湧き水でも、徐々に広がり海になる」

「海になるんじゃなくて、〝海に繋がる〟が正しいんじゃない?」

「だとしても、結果は同じだろ?」

卵が先か鶏が先か。頓智《とんち》のようなやり取りは、心地いい。ただし、いくら小気味のいい会話を続けたところで、鏡に映る現実は変わらない。

(そういえば、幽霊って、この世に未練がある人がなるものじゃなかったっけ? 残留思念だっていう話もあったけど……)

蛍夏は鏡から足元へと視線を下げる。唇を噛み、小さく唸った。

(ってことは、Oが私のところに現れた理由って、未練や後悔があるってこと?)

よくよく考えれば、蛍夏もOもまだ二十代前半。しかも学生だ。未練のない人の方が少ないだろう。

とはいえ、よほど強い想いがなければ、幽霊にはならないような気がする。でなければ、この世は幽霊だらけになってしまう。

(Oが情熱をかけていたものといえば、カメラに写真……そうだ。Oは撮影旅行の真っ最中だったじゃん!)

今までの話と繋ぎあわせ、蛍夏はOの未練が何なのか分かった気がした。

勢いよく顔をあげ、鏡の中のOを見る。急に黙り込んだ蛍夏のことを、心配そうな顔をして見つめている彼と目が合った。

どうしたのかと小首を傾げる彼に向かって、蛍夏は徐に口を開いた。

「ねえ、Oはどこにいるの？」

その問いは、Oの肉体のありかを指している。当然、Oもそのことに気が付いているので、「ここにいるだろ」だなんていう間抜けなことは言わない。ただ、困ったように頬を掻いた。

「あー……ソレ。この間も言ったよな。言いたくないって」

視線を反らし、頬をヒクつかせた。こういう仕草をした時のOは、頑なに口を閉ざすことを長年の付き合いから蛍夏は知っている。

具体的な場所を教えたくない理由は一体なんなのか？

この間は、かっこ悪いところを見せたくないと言っていたが、それは本心ではないだろう。

だが、言いたくないと言い切ったOは、絶対に口を割らない。

それならば――と、蛍夏は先日同様に、Oが今見ているものを尋ねることにした。

「じゃあさ。今、Oのいるところからは、何が見えてるの？」

Oが瞬きを数回繰り返した。彼もまた。蛍夏の意図を汲み取ったのだろう。少しだけ困ったような顔をした後で、静かに瞼を閉じた。

「そうだな……」

意識を肉体のある場所へと飛ばしたのか、数十秒ほど沈黙が続く。それから、ゆっくりと目を開けると、Oはカメラのアングルを構えるように、両手の親指と人差し指をたててカッコの形を作った。

「今見えるのは、朝焼けをバックにした、細く透明な糸で織りなされた幾何学模様。その上にレースのようについた朝露が、太陽の光で輝いているところだね」

片目を瞑り、小声で「パシャリ」とシャッター音を口にする。その瞬間、Oの見た世界が、蛍夏の脳裏に鮮やかな色をつけて刻み込まれた。

「蜘蛛の巣と朝露……」

一昨日とは違う景色は、Oが仰向けで倒れたまんまでいることと、彼の顔の前で蜘蛛の巣が張れる場所であることを教えてくれたのだった。

2

「そうだ！　山へ行こう！」

某鉄道会社のCMのようなセリフを口にして、蛍夏は立ちあがった。胸の前で両の拳を握りしめ、気合を入れる。

すると、鏡の向こう側でOが呆れたように小首を傾げた。その目玉は今にもボロリと崩れ落ちそうで、見ているこっちがハラハラする。

思わず両手を差し出せば、「そっちちゃう。そっちは鏡やから目玉落ちても受け止めれん」と、エセ関西弁ですかさずツッコミが入る。

生身の人間と幽霊との間で、こんなにもくだらないやり取りができるのならば、いっそこのまんま夫婦漫才ならぬ人霊《じんれい》漫才で一世風靡できるんじゃなかろうか。

老人の死にネタやデブやハゲの自虐ネタを飛び越えた、ある種の〝死人自虐ネタ〟としてウケるんじゃないかと幽霊相手に呑気に構えていられるのも、相手がOだからだろう。

第一、腐りかけのOを見て、死んだことは理解できたものの、実感はいまだ湧いていない。鏡やガラス越しでしか見えない半透明な体は、ホログラムのようだ。触れられないし、臭わない。だいたい死んだ本人がこの調子なのだ。情緒もへったくれもない。

「Oの遺体を目の当たりにすれば、実感が湧くんだろうけど……」

何気なく呟いた言葉をOが拾う。彼はピシャリと言い切った。

「まだ見せません」

「なんでよ?」

「だから前にも言ったじゃん。みっともないところは見せたくないっていう男の見栄だって」

ケラケラ笑ってはいるが、その目は濁っている。(主に物理的に) Oの本心が見えないものの、先日からの言動からして蛍夏に遺体を発見されたくないというのは一貫していた。

(なんで、そんなにも頑ななのよ……)

蛍夏は下唇を軽く噛み締めた。けれど、すぐに気持ちを立て直す。

「でも、幽霊として彷徨っていると、浮遊霊や悪霊になって成仏できないって言うじゃん」

「え？　なになに？　早く俺に成仏しろってこと？　俺は少しでもKの傍にいたいっていうのに、薄情な奴だなぁ……」

「ち、ちがっ！　そうじゃなくって……」

Oは蛍夏を責めているわけではない。むしろ、揶揄っているだけだ。そんなことは百も承知しているが、彼の口から「薄情な奴」と言われるのは辛い。蛍夏は慌てて否定した。

「ははは。Kが心配してるってことぐらい分かってるって」

ふわりと冷たい空気が頭を撫でる。鏡を見れば、Oが頭を撫でている姿が映っていた。

「で？　なんで山に行きたいの？」

柔らかい声が耳元をくすぐる。真横には誰もいないのに、冷気《れいき》は吹きかけられるのだから不思議なものだ。そんなどうでもいいことを思いながらも、蛍夏は肩を竦めた。

「なんでって……Oがさっき言ってたじゃない」

「え？　なんか言ったっけ？」

「ほら。『山奥でも日中は三十度超えちゃうんだぜ』って自分で言ってたじゃない」

「それがどうした？」

いまだ自分の失言に気が付いていないOに、蛍夏は呆れたように息を吐いた。

「ばっかねぇ。Oの顔がヤバいって言った後の発言だよ？　ってことは、今Oは山にいるけど腐りが速いってことを言ってるようなもんじゃない」

「あ……」

額に手をあてて「まじかー。まだ獣にあちこち食われていないから、気にしてなかったわー」

と、Oが天井を仰ぐ。

どうやら、あの発言は無意識だったようだ。

「ふふん。意外と人の話を聞いてるでしょ？」

「まあ……な」

困ったように眉を八の字にしているものの、その口端は笑っている。どこか勝ち誇ったようにも見える彼の表情が鼻につく。

「何よ」

Oの態度が面白くなくて、つい、つっかかるような言い方をしてしまう。

「いやいや……Kは可愛いなと思ってさ」

軽く受け流すOに、蛍夏は更に頬を膨らませた。

「ふん。私のこと、馬鹿にしてるんでしょ？」

「いやさ。Kは日本全国にどんだけ山があると思ってんだよ」

悪戯っ子のような顔をして笑うOに、蛍夏はムキになる。

「日本全国を探すつもりないもん」

「ってことは、ある程度絞れてるってわけだ？」

「ええっと……それは、も、もちろんよ！」

そこまで考えていなかった蛍夏は、Oの見透かしたような視線を受け、反射的に強がった。

(山で撮影って言っても、Oの場合は自然の景色なんかじゃないし……)

Oが疑いの眼《まなこ》で蛍夏を見る。その目は『じゃあ、絞り込んだ場所を言ってみなよ』と催促している。

蛍夏は必死で頭を働かせた。

(廃墟がある場所ってことは間違いないけど、そんな場所、いくらでもあるだろうし……そういえば、撮影に行きがてら、実家に寄るって言ってたわよね)

Oとの会話を思い出し、蛍夏は得意満面な笑みを浮かべた。

「撮影旅行に行くついでに実家に寄るって言ってたんだから、三河周辺ってことでしょ？」

胸をはって答えると、Oが目を瞬かせた。白く濁った眼球が真ん丸に見開かれる。

「おー。お見事」

パンッパンッパンッと乾いた拍手が聞こえた。その単調な音と同時に響くのは、抑揚のない声だ。『お見事』と言いながらも、まったく感情がこもっていないことに蛍夏がムッとする。

「当たったんだから、もっと感動しなよね」

口を尖らせると、Oがケタケタと笑った。

「いやいや。流石の推理にマジで驚いてるって！」

「その割には棒読みですけど？」

「あー……だってさぁ。俺らの地元に限定しても、山って結構な数があるって知ってた？」

言われてみれば、山の数なんて数えたこともないし、名前だってわざわざ覚えようとしたこともない。パッと思い浮かべられるものといったら、せいぜい市内にある石巻山。中学校の時の立志式でスキー合宿に行った茶臼山。それに三ヶ根山や本宮山といった地元ではそこそこ有名な山くらいだろう。他にも言われれば「ああ、そんな山もあるね」と分かるものもあるだろうが、所詮はその程度のものだ。

蛍夏は自分の浅慮《せんりょ》さに口を噤む。ドヤ顔で答えたことが恥ずかしくて顔を俯かせれば、冷ややかな感触が頬を撫でた。

「まあまあイイ線いってたんだけどね。全部の山をくまなく探そうって思ったら、一週間どころか一か月はかかるよな」

褒めているんだか、貶《けな》しているんだか分からないような慰めの言葉が地味に心を抉《えぐ》る。小さく唸り、黙り込めば、Oが困ったように苦笑した。

「まあ……最終日にはきちんと俺の居場所。教えるから安心しろって」

駄々っ子を宥めるような言い方に、蛍夏は唇を尖らせた。

「……最終的に教えてくれるんなら、今教えてくれてもいいと思うの」

「いやいや、だからさ。俺に遺された時間はあと僅かなんだって。その時間を全部使って、俺はKとの思い出を作りたいんだってば」

横目で鏡を見れば、Oが気まずそうに頬を掻いている。その手には赤紫色をした痣が浮かんでいた。生前どころか、一昨日にはなかったように思う。よく見れば、時折目に入る彼の首のうしろにも、同じような痣がある。

(まさか……あれって死斑？)

一つ、また一つとOの死が決定づけられていく。

(今だって、すぐ傍に気配を感じるし、会話だってできるのに……)

たった一つのこと以外はなんら変わってはいない。けれど、そのたった一つのことが、何よりも大切なことなのだと、じわりじわりと実感が押し寄せてくる。

急に鼻の奥がツンッとする。目頭が熱くなるのを感じ、蛍夏はこれ以上深く考えることを拒絶するように頭を左右に振った。奥歯を噛み締め、涙を堪える。

Oに気づかれぬよう拳をギュッと握りしめると、蛍夏はゆっくりと目を閉じる。それから、大きく息を吸い込んだ。

「Oに残された全部の時間を私に使ってくれるんだよね？」

少しだけ顎をあげると、蛍夏は鏡越しでしか見えないOへ挑発的な視線投げかけた。一瞬、Oが目を丸くしたあと、破顔する。

「ああ、もちろんだ」

力強く頷くのを見て、蛍夏は口端をあげる。

「確か……私が行きたい場所、やりたいことに付き合ってくれるんだよね？」

きちんと確認するために、蛍夏は一歩足を踏み出す。そして、鏡の中に見える○の顔を、じっと覗き込んだ。

蛍夏の圧に○がたじろぐ。やけにしつこく確認するのを怪しんだのか、少しだけ目を彷徨わせる。

結果、蛍夏の言葉にたとえ何かしらの含みがあったとしても、問題はないと思ったのだろう。ニカッと歯をみせると、親指をたてた。

「任せろ！　今の俺にできることなら何でもするし、どこにだって付き合ってやるよ」

鏡の中の○が拳で胸を叩くと、蛍夏の背後で鈍い音が響く。振り返れば誰もいない。けれど、間違いなくソコにいるであろう○に向かって、蛍夏なニヤリと笑った。

「ふふふ。言質は取ったからね？　あとから無理とか言わないでよ？」

何もない空間に向かって話しかける姿は、傍からみればかなりシュールだろう。

しかし、ここには○と蛍夏だけしかいない。姿が見えなくても、気配は感じられる。

その証拠に、○が喉を鳴らして笑えば、周囲の空気が揺れた。

「はいはい。寛大な下僕が、我儘なお嬢さんのお願いをなんなりと聞き入れましょう」

ふざけた口調で了承するOは、蛍夏のたくらみに気が付いていない。余裕綽々《しゃくしゃく》な態度でいるOが、驚き、悔しがる姿を想像し、蛍夏はほくそ笑んだ。

「じゃあさ。Oが最後に旅したところを一緒に巡りたい！」

胸の前で両手を組み、懇願するような恰好をしてみせる。かわいくお願いしているようで、そうではない。その証拠に、蛍夏は『叶えられるものは何でも叶えてくれるって言ったよね？』と目を光らせた。

強い意志を持っているからだろうか？

ほんの一瞬だけだが、ふわりと宙に浮かぶ半透明のOが見えた気がした。その顔は、蛍夏が予想したものとは違う。

困ったような……それでいて、慈しむような。蛍夏が我儘や無茶なことを言った時に見せる顔だった。

(うっわ……その顔、反則だわ)

蛍夏は、その時のOの表情が好きだった。一秒にも満たないうちに光の中に溶け込んでしまったが、その破壊力はすさまじい。

胸がどきどきし、顔に熱が集まる。

だが、ひさびさのときめきに酔いしれている場合ではない。

可愛い顔に騙されると痛い目にあうとは、よく言ったものだ。いまだかつて、こういう顔をした時のOが蛍夏の我儘を聞き入れてくれたことはない。

蛍夏が弱い顔を熟知しているOは、それを有効活用するのだから質が悪い。理詰めだけではなく、あくまでも「心配している」というのを前面に押し出して説得されたり、宥められたりすれば蛍夏の方が折れるしかないのだ。

(もしかしたら、わざと姿を私に見せた？)

「ねえ、K。それは前から——」

駄々っ子を宥めるようなOの声に、疑惑は確信に変わる。いつもなら「仕方ないか」と諦められるが、今回ばかりはそうはいかない。両拳をギュッと握りしめる。蛍夏はOに言いくるめられないよう、咄嗟に自分の意見を被せた。

「今いる場所はそのうち教えてくれるんでしょ？　だったら、そこまでの道中、Oがどこに行って、何をしていたのか。一緒に経験したいし、同じ景色を見てみたい」

もう二度とOに我儘が言えないのだ。一歩も引かない姿勢を見せる蛍夏に、初めてOが折れた。

「はぁ……まじかぁ」

頭から下に向かい風が過《よぎ》る。足元から聞こえる大きな溜息からOがしゃがみ込んだのが分かった。

多分、額に手をやり、がっくりと項垂れていることだろう。どうしたものかと悩んでいるであろうOに、蛍夏は釘をさした。

「今回の撮影旅行の行程を私が知らないからって、適当に案内したり、嘘をついたってすぐにバレるんだからね」

足元を見下ろして言えば、Oとしては不服なのだろう。沈黙が続いたあと、冷気《霊気》が膨らむのを感じる。ガシガシと頭を掻きむしるような音と、Oの唸るような声が響いた。

「あー……分かったよ」

ボソリと呟かれた言葉に、蛍夏は両手をあげて飛びあがった。

「やったーーっ！」

歓喜の声をあげると、Oが呆れたように息を吐いた。

「ったく。仕方ねぇな……その代わり、俺の部屋から予備のカメラ、持ってけよ」

ぶっきらぼうな物言いだが、これも蛍夏の希望に沿った指定だ。

カメラを持っていくことは、すなわち、Oが見てきたレンズ越しの世界を一緒に経験できるということに他ならない。

(この旅の終わりに、Oはきっと、彼が見た最期の景色《世界》を見せてくれるだろう)

そう確信した蛍夏は、くるりと体を反転させた。鏡に映る自分と目が合う。視線をズラせば、どこか吹っ切れたように笑うOの姿があった。

3

何事も善は急げだ。

蛍夏は早速、旅行の準備にとりかかる。すぐにでも旅に出ようとする蛍夏にＯが呆気にとられるのも無理はない。

行き先は愛知県内。それも、蛍夏とＯが生まれ育った地元だ。日帰り、もしくは、一泊二日で十分である。残された日数から逆算すれば、まだ余裕はある。

ただし、それは普通の旅行だったらという前提であり、今回の目的は観光や温泉を楽しむのとはわけが違う。

Ｏの軌跡をたどり、彼の想いや見てきたものを少しでも自身に刻み込む。未来の自分の横にも、当たり前のように存在していると思っていた彼の突然の死を受け入れ、昇華させる儀式でもあるのだ。

「そんなに慌てなくても、まだ大丈夫だぞ？」

旅行鞄を引っ張り出して荷造りしている蛍夏の真横で、Ｏが苦笑する。蛍夏は声のした方へ顔を向ける。誰もいない空中をジトリとした目で睨む。

「それ、Ｏが言っちゃうわけぇ？」

当たり前の日常が消え去るのは一瞬のことだ。それを自ら経験したのはＯ自身である。

その当事者が「まだ時間はある」と言ったって、説得力はない。

物言いたげな視線から、蛍夏の言いたいことを感じ取ったのだろう。Oが失言に気が付き、声を詰まらせた。

「まったく」

本気で怒っているわけではないが、わざと頬を膨らませる。蛍夏が臍《へそ》を曲げたと思ったのか、Oが恐る恐るといった感じで謝った。

「あー……すまん」

微妙に空気が重くなる。傍にある気配から、反省している様子が伝わってくる。

頭を掻きながらショボンと項垂れるOの姿が頭に浮かぶ。もう少し怒ったフリをして、Oを困らせようと思っていたのだが、ついクスクスと声を出して笑ってしまった。

「なんだ……怒ったんじゃないのか？」

「当たり前じゃない。わざとじゃないんだからさ」

伺うような態度のOに蛍夏は笑いかけた。

「そっか……」

小さな呟きと共に、安心したようにOが息を吐きだした。

「まだ支度に時間かかるし、その辺でゆっくりしてなよ」

ソファに視線を向け、顎をしゃくる。返事はないが、周囲の空気が動くのを感じた。合皮のソファが軋む音が聞こえる。どうやら、おとなしく蛍夏の言うことを聞いて座ったようだ。

テレビが勝手につく。振り返ればチャンネルが宙に浮いていた。リアルポルターガイスト体験も、相手がOだと分かっているので、怖さも驚きもない。なんなら妙な安心感すら覚えるのだから、おかしなものだ。

いつの間にか非現実的な現状を楽しんでいることに気づき、蛍夏は小さく笑った。

「そういやさ」

「ん？　何？」

忙しなく動いていると、Oが急に話しかけてきた。手を休めることなく、返事だけをする。

「やっぱ、今日はやめとかねぇ？」

「はぁ？」

渋々ながらも了承したとはいえ、やはり気乗りがしないのだろう。ここまで往生際が悪いのも珍しいが、段々と腹が立ってくる。不機嫌な声が出てしまうのも仕方がないことだ。

思わず手を止め、ソファを見た。僅かに沈んでいる場所を見つけると、Oの顔があるであろう位置をギロリと睨みつけた。

「え？　あ？　ちょちょちょちょっと待て！」

苛立っている蛍夏を見て、Oがハッと息を呑む。そして、怒っている理由を察した瞬間、声を裏返し、慌てだした。

「K、勘違いすんなよ？　旅行自体を中止しようって言ってるわけじゃないんだからな？」

「じゃあ、どういう意味？」

「そのまんまの意味だけど？」

声の感じから、Oが戸惑っている様子が窺える。二人の間で誤解が生じているようだ。

蛍夏は人差し指を顎にあてて首を傾げた。

「そのまんまの意味なら、〝やめる〟ってことでしょう？」

「今日はな」

「今日は……あ……あーっ！　そういうこと!?」

ようやくOの言いたいことが分かり、蛍夏は大きな声をあげた。

「ほんと、頼むわぁ……」

Oの呆れたような声が響く。それが蛍夏の癪に障った。

早とちりしたのは悪いが、勘違いさせるような言い方をしたOにも問題がある。時間は有限だと話したばかりなのだ。それを一時間足らずで撤回するのだから、それ相応の理由がなければ納得できない。

口をへの字に曲げ、胸の前で腕を組む。文句の一つでも言ってやろうかと口を開きかけた時、Oが先に言葉を発した。

「つかさ、普通に考えてみ？　この旅行の最後に辿り着く場所って、俺がいるところなわけじゃん？」

「え？　最終日に居場所を教えてくれるんじゃなくて、最終目的地がＯのいる場所なの？」

散々焦らされていたので、この旅行もＯが生きている間に巡った場所に行くだけだと思っていた蛍夏は、目を瞬かせた。

驚く蛍夏を見て、Ｏも驚く。

「は？　Ｋが言ったんだろ？　俺にとって最後になった撮影旅行と同じ場所を回りたいって」

「うん。言った」

「で、俺は撮影中に死んだわけじゃん？」

「うん。幽霊として私の前に現れた第一声が『俺、死んだ』だったもんね」

「だよな。じゃあ、この旅の最終目的地といえば？」

テンポよく繰り出された会話の着地地点に、蛍夏が「あ……」と声を漏らした。

それは、蛍夏の願いを聞くと決めた時点で、最終目的地をＯの本体がある場所に決めていたのだと知ったからではない。この旅の最後——蛍夏に遺体の場所を教えたあと、Ｏがこの世から去るつもりであることが分かってしまったからである。

突きつけられる現実にワナワナと唇が震えだす。真っ青な顔をして黙り込む。すると、ヒンヤリとした空気が蛍夏の体を包み込んだ。

「どうした？　もしかして、腐りきった俺の体を想像して、気持ち悪くなったとか？」

背中をなでる感触がした。蛍夏の頬に冷たい息がかかる。見当違いなことで慌てふためくOに、片手をあげた。

「違う、そうじゃない。そうじゃなくて、私がOの遺体を発見したら――」

感情が昂《たかぶ》り、喉を詰まらせる。その様子を見たOが、何故かウンウンと頷いた。どこか達観したようなOの態度に、グッと胸が締め付けられる。

こみあげてくるものを堪える。しかし、次に放たれたOの言葉で零れそうになった涙も引っ込んだ。

「そうそう！　Kも気が付いただろ？」

蛍夏とは反対に、Oはやけに軽い。まるで未練などなさそうなOに、怒りや寂しさを通り越して唖然とする。すると、Oが更に続けた。

「俺が死んだ場所は、地元の人だって滅多に足を踏み入れない所なんだぜ？　しかも、有名な撮影スポットでもない。そんなところで「死体を発見しました！」なんて言ってみろよ。第一発見者っていうよりも、即、容疑者リスト入りになるって！」

まったく違う心配をしていたことを知り、蛍夏がぽかんと間抜けな顔を晒す。Oの言葉が脳内に木霊《こだま》する。

第一発見者としてのリスクがじわりじわりと押し寄せる。惨たらしい姿になっていたとしても、Oを最初に発見するのは自分でありたかった。純粋な想いを行動に移したとして、じゃあ、Oが死んだことをどうやって知ったのか。Oがいる場所をどうやって知ったのか。

警察に訊かれても、説明しようがない。まさか、死んだ本人の幽霊から聞きましただなんていう理由、通用しないに決まっている。

「そうだよね……発見と同時にスマホで通報したところで、うまく説明できないよね」

一気に気持ちが落ち込む。がくりと項垂れると、Oの冷たい手が頭を撫でた。

「だからさ。とりあえず、俺んちに電話してよ」

「Oんちに？」

「そ」

「なんて言って電話すればいいのよ」

Oの魂胆が分からず、小首を傾げる。Oが小さな唸り声をあげる。そして、パンッと弾けるような音が響いた。何やら閃いた様子のOが手を叩いたようだ。

「Kはうちの親とも面識あるじゃん？　だからさ、『十日ほど前、撮影旅行に行ってくるって言ったっきり、Oと連絡が取れないんですが……一度、実家に寄るって言っていたので、まだ、そちらにいますか？』って言えば、いくら放浪息子とはいえ、おかしいって思うだろ？」

悪知恵が働くOは、口もまわる。うまい理由を考え付いた彼に、蛍夏は親指をたてた。

「ナイス！　私が心配するってことは、よっぽどのことだって思うだろうし。流石に十日も音信不通だって言えば、おばさん達も心配して警察に連絡するもんね」

「そういうこと！」

つまり、Oが行方不明になったことを、まずはOの両親から警察に連絡させる。心配で電話した蛍夏が、Oの行方を捜すのは不自然ではない。

もともと、Oが撮影するのは廃墟だと言っていた。更には、実家近辺の場所で撮影するという話を聞いていたといえば、人がほとんど訪れない場所に行ったたって、怪しまれないだろう。

「なるほどね。Oの言う通りだわ。第一発見者になっても疑われないよう工作しなくちゃ、ヤバいもんね。今日は計画を綿密に練らなくっちゃ」

ミステリー小説のアリバイ工作の真似事をすることになり、不謹慎ではあるが、どこかワクワクした気持ちになる。

「ああ。いくら大まかな撮影スポットは聞いていたとはいえ、ピンポイントですぐに発見できるような場所じゃない。だから、Kが第一発見者になってもおかしくない〝仕掛け〟もしとかないとな」

どうやらOも同じテンションのようだ。自ら進んで何かを仕組もうとしている。

事件を解決させる推理ではないし、実験でもない。逆に警察を騙すようなことをしようとしているのだが、これもまた、Oとの忘れらない思い出になることだろう。

別れの時は刻一刻と近付いてきている。

不意にOのいない世界が脳裏をかすめる。空虚さを紛らわすため、蛍夏はぽつりと呟いた。

「Oは今、何を見てるの？」

生身と幽霊といった奇妙な関係になってから、もはや口癖のように問う。Oもまた、「この部屋の景色」だとか「Kの顔」だとか茶化すことはしない。

レンズ越しに見ているOの世界を蛍夏に刻み込むかのように、答えてくれるのだ。

少しの間を開け、Oがゆっくりと話しだす。

「コンクリートの額縁に収められたレースの輝き。丁寧に編まれた透かし模様の向こう側には、灰色の宙《そら》に向かって真っすぐ伸びる大きな槍が無限に広がっている。静寂と安らぎ、癒しと孤独に包まれた世界では、目の前を行き交う虫《ワーム》ですらも、どこか愛おしく思えるのだから不思議なもんだ……」

詩的に語られる景色は、美しさの中に不穏な空気を感じさせる。蛍夏はOの言葉を脳内で復唱しながら、不意に窓の外へと目を向けた。

晴れ渡っていた青い空は、いつの間にか灰色の雲に覆われていた。今にも泣きだしそうな曇り空を見て、今日の出発は諦める運命なのだと悟った。

四日目

1

しゃくり、しゃくり――

落ち葉でできた絨毯の上を、乾いた音をたてて歩く。

前を歩く０に、柔らかく心地のよい木漏れ日が降り注いでいる。知らぬ間に少し逞しくなった背中がやけに輝いて見える。まるでスポットライトに照らされているかのような光景に目を細めた。

（これから名を馳せる勇者の旅立ちって、こんな感じなのかも）

木々に残る葉や枝の隙間から差し込む光に手を伸ばす。彼が勇者なら、その背中を追う自分は仲間なのかモブなのか。名もなき村人Ａだとしても、同じ舞台に立つ役者として辛うじてスポットが当たっていることに頬が緩む。

赤と黄色のコントラストが美しい景色を堪能しながら散策するわけでもなく、ただ目的のためだけに真っ直ぐ進む彼の姿が眩しい。

蛍夏は両手の親指と人差し指を伸ばし、目の前に翳す。彼の後ろ姿を指フレームの中に収める。少年から青年へと変化するアンバランスな骨格が、危うげな魅力を放っているように感じた。

「パシャッ」

シャッターを押すマネをすると同時に、口から擬音語が飛び出した。案外と大きな声が出たことに驚き、蛍夏は口元を手で押さえた。

（しまった！）

子供じみた真似をしたことを恥じ、肩を竦める。けれど、この先にあるものへ意識が飛んでいるのだろう。エア撮影の被写体は、そのことに気が付いていない。

おバカな行動を見られずにすんでホッとしたのも束の間、先導していた彼がいきなり駆け出した。

「え？　ちょっと待ってよ！」

蛍夏も慌てて彼を追いかける。森の中の獣道には、枯れ葉だけでなく剥き出しになった木の根っこや岩が転がっている。しかも、男と女では体力も歩幅も差があるのだ。

うまく走れない蛍夏と彼との差が開くのも無理はない。

道なき道を走る彼に置いて行かれないよう、ついていくのが精一杯だ。

「央理！　待ってってば！」

必死で叫ぶが、Ｏは振り返らない。それどころか更にスピードアップしながら、大きな声を響かせた。

「もうすぐソコだ！　頑張れ蛍夏！」

体力が消耗し、俯きかけていた蛍夏は顔をあげた。木々の合間から通り抜ける風が頬を撫でる。

少し粘度のある湿った空気と潮の香りにハッとした。永遠に続くと思われた雑木林の向こうに光が見える。この先にひらけた土地があることを確信した。

目的地も経路も分からないまま走るのと、ゴールが見えたあとでは気力も体力も変化する。あと少しだと分かった瞬間、やる気が漲《みなぎ》るのだから脳も体も現金なものだ。

蛍夏は太ももと軽く叩くと、一気に加速した。木々を掻き分け、森の出口に向かって走る。先に抜け出したOからほどなくして、蛍夏も飛び出した。

「うっわ……ぁ……」

目の前に広がる景色に、思わず声を出す。それは感動からではない。あまりにも荒れ果てた土地が広がっていたからだ。

蛍夏はOの横に立ち、辺りを見渡した。

長年放置され続けていたのだろう。凸凹とした大地の上には腰まで伸びた雑草が生い茂っている。よく見れば、あちらこちらに瓦礫の山があるだけでなく、いくつか施設の痕跡が点在していた。

「こんな汚……荒涼とした場所が目当てだったの？」

蛍夏は「汚い」と言いそうになって、慌てて言い直した。けれど、実際問題、誰がどう見ても綺麗どころか、口が裂けても「雰囲気」がある場所とは言えない。

なるべくオブラートに包んだ表現をしたものの、Oには蛍夏の気持ちが駄々洩れだったようで苦笑いを浮かべていた。

「ははは。前にも廃墟の写真見せただろ。アレだって、十年以上前に跡継ぎがいないからって言って廃業した親戚んちの工場なんだぜ？　実際に現物見ると古い・汚い・壊れそうの三重苦だぞ」

「あー……そういや、近所の廃ホテルも悲惨だもんね」

「だろ？　既に死んでるモノに命を吹き込むって感じが、廃墟写真の醍醐味なんだよ」

Ｏの視線が施設跡へと注がれる。キラキラと目を輝かせる彼の頭の中は、すでにこの場所をどう料理しようか考えているようだ。

「命ねぇ……」

確かにＯに見せて貰った写真は、廃墟を撮ったとは思えないほど儚い美しさがあった。心を奪われるというのは、こういうことを言うのだろうと思った記憶は新しい。

ただ、建物に死んでいるとか命を吹き込むとか。そういった感覚が分からない蛍夏は、中途半端に解体された建物を近くで見ようと足を踏み出した。

「あ、蛍夏。そこから入っちゃだめだよ」

「え？」

いきなり腕を掴まれ、後方に傾く。そのまま倒れると思った蛍夏は目をギュッと瞑った。後頭部に硬いものがあたる。見あげると、Ｏに抱き留められていた。

「あっぶね」

焦ったような声を出すOに、蛍夏は目を丸くした。

「えっと……入っちゃ駄目ってどういうこと？」

異性の胸に背中を預けている状況に、動揺しつつも蛍夏はOに尋ねた。耳まで真っ赤になる蛍夏を見たOも、頬を染める。腕を握っていた手を離すと、両肩を軽く押して距離をとった。

互いに照れる。二人の間に甘酸っぱい雰囲気が流れる。それを打ち消すように、Oが軽く咳払いをした。

「あー……この土地の所有者に許可取ってないからさ。勝手に入ると不法侵入になっちまうだろ？」

「……え？　でも、ここ。使われてないんでしょ？」

「ああ。でも、ここは私有地だから、勝手に入っちゃいけないんだ。蛍夏だって、庭に他人が無断で入ってきたらムカつくだろ？」

Oに言われて、想像する。ムカつくというよりも、怖いといった印象だ。それを素直に伝えると、「まあ、でもさ。いい気はしないだろ？」という言葉に頷いた。

「だから、公道部分から撮影するしかないってわけ」

「えー。じゃあ、思い通りに撮れないんじゃないの？」

「まあ、そうなるけど……でも、俺が巷《ちまた》を騒がせる不謹慎なSNS投稿をする人たちみたいなことをしたら、イヤでしょ？」

「それって炎上案件じゃん」

「そーそー」

「それは確かにダメだね」

蛍夏の答えにOが満足げに頷く。彼は、広大な土地を見渡して、ここにあった施設のことを説明してくれた。

「噂だとさ。ここはバブル時代に、この土地の所有者が自分の夢の実現のために、手作りで作った遊園地なんだと。昔はフィールドアスレチックやプール、動物園、立体迷路にゴーカートなんかがあって、そこそこ人気だったらしい」

「そうなんだぁ」

それを聞いて潰れるのも頷ける。現在、娯楽施設というものはあちこちにある。下手したら、VRやPCで自宅にいながら様々なことが楽しめるのだ。あまり魅力的ではない施設の内容に気のない返事をする。

Oが蛍夏の答えを聞いて、目を細めた。

「そういう反応が普通だよなぁ……ぶっちゃけた話。こんな子供だましみたいな内容でも数十年前としては、人気スポットだったわけよ。ただ、当時としては入園料が高かったみたいでさ。リピーターが少なくて、あっという間に廃園したらしい」

「高いっていくら？」

「んー……千円には満たないけど、それに近い感じっぽい」

「……高いんだか安いんだか、微妙な金額よね」

「まあ、俺らの価値観でそう思うんだから、当時だったら高いって思うんじゃね？」

母の時代と自分たちの時代とでは、価値観がかなり違う。そう言われてみればそうなのかもしれない。

なるほどなと蛍夏が納得していると、いつの間にやらＯが撮影の準備をしていた。

「本気でここから撮るの？」

だだっ広いだけでなんの面白みもない場所だ。レンズを向けたところで、先日見せて貰ったような素敵な写真が撮れるとは思えない。

第一、廃墟写真を撮りにきたのに、被写体はかなり離れた場所にあるのだ。間近で見れば魅力的な部分もあるかもしれないが、これだけ遠いと単なる鉄屑や瓦礫にしか見えない。

蛍夏の心配をよそに、Ｏがその場でカメラを構えた。カメラ本体に対して、大きなレンズが装着されている。

「望遠レンズ？」

既に撮影モードに頭を切り替えたＯからの返事はない。色々な角度から写真を撮りはじめる。

その真剣な眼差しに、蛍夏は魅入った。

どれくらい時間がたっただろうか。いまだファインダーからは目を離さずに、Ｏが口を開いた。

「なあ。骨みたいじゃね？」

なんの脈絡もなく、Oが唐突に問いかけてきた。一体、何のことを言っているのか分からず、チベットスナギツネのような目で彼の横顔をじっと見る。

けれど、蛍夏の生温かい眼差しなど、まったく気にする様子はない。それどころか、シャッターを押しながらニシシと笑う。

「なんつーの。建物一つとっても物語があるわけよ」

いきなり独自の見解を語りはじめたOの言葉から、どうやら「骨みたい」というのは廃墟のことを言っているのだと、蛍夏は理解した。その上で、続きを促す。

「たとえば？」

「遊園地にしてもマンションにしてもさ。そこに訪れる人や、そこに住んでた人も希望や期待に満ち溢れ、楽しい時間を過ごしたわけじゃん？」

「んー……まあね。病院もそうだよね。痛い、辛いっていうネガティブな気持ちもあるけど、基本的には〝治療してもらえば治る〟っていう期待があるから行くわけだし」

「そそそ」

別の施設を例に出しながらも、概ねOの言っていることを理解した回答ができたのだろう。Oが満足げに頷く。

「沢山の人たちが集まり、注目されていた建物や施設もさ。人間同様寿命っつーもんがあるわけよ」

「形あるものはいずれ崩れるしね」

「そういうこと」

そこでようやく０はファインダーから目を離し、蛍夏へと振り返った。ヘラヘラと笑っているが、その目は真摯な光を宿している。彼は蛍夏の目をじっと見つめ、口を開いた。

「人間もそーじゃん？　常に成長し、衰え、死んでいく。で、残ったものは骨だけみたいな……」

「日本の場合は灰にして山や海に撒くっていうバージョンもあるわよ？」

樹木葬や海洋散骨のことが頭に浮かび、つい、言葉を被せてしまった。０が一瞬目を真ん丸にさせた後、いきなり爆笑した。

「アハハハハハ。ちょ、それ。現実すぎだし！」

ブラックユーモアだと捉えたのだろう。０は純粋に笑っているようだ。話の腰を折ってしまったことに罪悪感を覚えた蛍夏は、きちんと彼の話を理解していることを伝えることにした。

「でも、言わんとすることは分かるよ。姿形はなくなっても想いは残るってことだよね？」

「んー……当たらずとも遠からずかな」

「えー」

絶対に正解だと思っていた蛍夏は不満げな声をだした。

「だってさ。歴史や文化っつーもんは、その痕跡や文字として残っているからこそ今にも伝わっているわけだろ？」

「口承もあるじゃん」

「それは一子相伝や秘伝っつー特殊な場合っしょ。基本は〝何か〟が残っているからこそ、そこに現代人の妄想や想像、科学知識によって肉付けされていくものが多いよね」

言われてみればそうかもしれない。廃墟の話から、かなりスケールが大きくなった話題に驚きながらも頷いた。

「文明や文化だけじゃない。人間や動物の骨や化石からも、いろんな色や形、どんな生態だったのかを想像できる。死因が分かれば、その一個体がどんな生き方をしてきたのかも想像できる。ある意味ロマンじゃね？」

自分にはない価値観と考え方に、蛍夏は新しい扉が開くのを感じた。

(彼の傍にいれば、いろんな世界が見えるかもしれない)

まだ、あどけなさを残しつつも、Oの力強い眼差しは、どこか大人びている。ヤンチャで自由人でありながらも、ミステリアスさを秘めたOに吸い寄せられるように蛍夏は手を伸ばした。

「ねえ――」

その途端、グラリと視界が揺れた。Oも景色も、見えるものすべてがグニャリと歪む。ぐるぐると渦のなかに巻き込まれるような感覚に襲われる。

意識を失う直前に蛍夏が目にしたのは、伸ばした手を寂しげな目で見つめる0の姿だった。

2

「……ぃ……け……い！」

真っ暗闇の中で誰かが蛍夏を呼ぶ声がする。低いトーンで落ち着く声だが、どこか切迫している。声の主は何故、こんなにも焦っているのだろうか。心地のいい眠りから、まだ覚めたくはない。けれど、このまま眠ってしまってはいけないような気がして、蛍夏は意識を浮上させた。

「K！」

大きな声が頭に響く。けれど、部屋の中には誰もいない。目をぎょろぎょろと彷徨わせていると、いきなり布団がふっとんだ。

「きゃぁっ！」

悲鳴をあげた途端、冷たい感触が肩を揺さぶる。

「大丈夫か？」

聞きなれた声に、目を瞬《しばた》かせた。目の前に焦点を合わせると、砂嵐で作られたような人型《ヒトガタ》が目と鼻の先に現れた。ヒュッと息を呑めば、ノイズがかったような灰色の半透明な物体が、煙のように霧散した。

あり得ないものを目《ま》の当たりにし、ビクリと体を震わせる。

意識が覚醒するにつれて、それが見慣れた輪郭をしていたことに気が付いた。

「……〇？」

今見た場所へと手を伸ばす。ギュッと冷たいものに握られる。顔面にヒンヤリとした息が吹きかけられた。

人肌の温かさはない。けれど、その体温を感じさせない冷気が、かえって蛍夏を安心させた。

頬を緩めると、〇の心配そうな声が頭上から響いた。

「すんげぇ魘《うな》されてたぞ」

見えない手が蛍夏の額に滲んだ汗を拭う。スッとした感触が心地いい。〇が傍にいることを実感し、蛍夏はホッとしたように息をついた。

「よかった……いなくなったかと思った……」

「ばっか。まだ時間があるっつっただろ？」

「そうなんだけどさ。さっき、大塚遊園地の跡地に行った時の夢を見てたんだ」

「あー……懐かしいな。でも、それって魘されるようなもんじゃなくね？」

大塚遊園地は、ウミガメの産卵地としても有名な伊古部《いこべ》海岸の近くにある。

そこは、蛍夏が初めて〇の廃墟撮影に同行した思い出深い場所だ。二人が生まれ育った豊橋市内とはいえ、駅からは遠い。心地のいい秋晴れの空の下、片道一時間以上自転車を走らせたことは、今でも鮮明に覚えている。

　木々が色づき、過ごしやすい季節になったものの、日中はまだまだ暑い日が続いていた。粘つく潮風と紫外線でパサパサになった髪を振り乱し、必死で自転車を漕いだ先に美しい景色が広がっていたのなら、きっと疲れも吹っ飛んだだろう。しかし、全身汗びっしょりになって辿り着いた場所は瓦礫の荒野だ。

　ドッと疲れがこみあげ、その場にへたり込んだのは言うまでもない。その横で、嬉々とした表情でカメラを構えるOの様子に蛍夏は呆れかえったものだ。

　当時のことを思い出し、蛍夏は苦笑した。

「跡地では何もなかったけど、その前後がねぇ……」

「前後に何かあったっけ？　道の駅で初めて豊橋カレーうどんを食べた記憶しかねーわ」

「そういや、食べてたね。カレーうどんの底にとろろご飯が入ってるヤツ」

「でっかいちくわに水菜っぽい野菜がぶっ刺さった天ぷらが乗っかってたのには、ビビったよな」

「まあね。あれ、一応手筒花火をイメージしてるらしいよ」

「まじかー。知らんかったわー」

　鎖骨下で毛先を揃えた蛍夏の髪の毛が、ひと房浮いた。色素の薄いまっすぐな髪が、くるくると指に巻き付けられているような形を描く。どうやらOが弄《もてあそ》んでいるようだ。

（癖って死んでも治らないものなんだねぇ）

たわいもない話をしながら、一緒にのんびり過ごしている時に、Oはよく蛍夏の髪の毛を弄っていた。一度、理由を訊ねると、本人も無意識だったようで驚いた顔をした後、ニカッと笑って答えたのだ。

「Kの髪、綺麗だし。こうやってると、なんか落ち着くんだよね」

それからというもの、Oに髪の毛を触られる度にリラックスしているんだと嬉しく思うようになったのだが――

そこで話が大幅に脱線していることに気が付いた。

「食べ物の話はおいといて。あの時の灼熱地獄ツーリング覚えてる？」

「あー……そういや、K、あまりのしんどさに嘔吐《えず》く勢いだったよな」

「吐いてませんけどね！　ギリ、吐いてませんけどね！」

重要なことなので、あえて二度ほど強調する。

「でも、アレはある意味トラウマレベルよ」

「あー……だから、俺と旅に出るってなって、潜在意識から魘されるような夢を見たってわけか」

「多分ね」

夢の内容には自転車を漕いでいたシーンは一切出てきていない。それでも、最後に出てきたグニャリと歪んだ視界は、熱中症や発熱で倒れそうになった時の感覚によく似ていたのだから、きっとそうに違いない。

蛍夏が魘されていた理由をそう推測すると、Oが「フフフ」と笑った。

「いやぁ……初めて廃墟撮影にKを連れて行った時のことがトラウマっつーんなら、最後の撮影旅行の後を辿るのもヤバいんじゃね？」

「いや。それはもう、Oが死んでる時点で覚悟してますからね？」

「それもそうだな」

話がひと段落したところで、蛍夏はベッドから降りる。カーテンを開けると、曇天の隙間から光が射しこんだ。

「雨、あがったみたい」

自然と口角があがる。不意に空から窓ガラスへと焦点をズラす。すると、ガラスに反射するOの顔が目に入る。蛍夏は僅かに目を見開いた。傍からみれば、微かに瞳を揺らす程度にしか見えなかっただろう。

Oに気づかれぬようなるべく自然な笑顔を見せる。目が合うとOもまたニカッと笑う。表情は爽やかだが、その容貌はR15指定モノだ。

大きく空いた眼窩には、白い米粒のような小さな物体が蠢いている。何かに齧られたのであろう。傷ついた頬からは、剥き出しになった赤黒い肉が見えた。視線を下げると、何故か腹回りがやけに大きく膨らんでいる。濡れた髪と服がべっとりと皮膚に張り付いているのもおどろおどろしさを倍増させている。

段々と悍《おぞ》ましさがランクアップしていくのを見ている蛍夏ですら、ギョッとするほどだ。実体や臭いを感じないので平静を保てているが、何も知らない人が目にしたら卒倒するレベルである。ただし、それは第一印象での話だ。持ち前の明るさと能天気さがなせる業《わざ》なのだろう。一度話してしまえば、グロテスクな見た目ですらもチャームポイントに思えるのは、惚れた弱みでも、身内びいきでもないはずだ。

崩れつつある大きな口をあけて笑うOが、首をもげ落としそうな勢いで縦に振った。

「これなら行けそうだな」

腕を組み、カッコつけた雰囲気で親指をたてている。けれど、見た目とのギャップでキマらない。ソコがやけにおかしく、それでいて切なくなる。

泣き笑いのような顔を見せたくなくて、蛍夏は両手で自分の頬を叩いた。

「よっし！　シャワー浴びて支度してくる！」

「あいよー」

気合いを入れる蛍夏に、Oがのんびりとした声で返す。そんな何気ないやり取りが、蛍夏の涙腺を刺激する。

蛍夏は大股でバスルームへと飛び込み、気持ちを切り替えるために熱いシャワーを浴びるのだった。

＊＊＊＊＊

身支度を整え、忘れ物がないか再度確認する。昨日のうちにOのマンションから持ってきたカメラは、いつでも取り出せるよう一番上に仕舞う。

「コレは鞄に入れないの？」

Oの声に蛍夏が振り返る。テーブルの上で小さなメモ帳がペラペラとめくられる。使い込まれたメモ帳に書かれた文字は、蛍夏の字ではない。

「あ、一番大事なものを忘れるところだった」

慌ててメモ帳を掴むと、蛍夏の頭上でOが笑った。

「そーいや。うちの親、傑作だったよな」

それにつられて、蛍夏も昨日のことを思い出して吹き出した。

「ほんとにねぇ。十日も連絡取れないって言ったら、「あらら。またなの？」って言ってまったく動じないし。しかも、「うちには三、四日前に顔を出したトコだし。そのうちヒョッコリ帰ってくるわよー」って呑気に笑ってるんだもん。一瞬、「笑ってる場合ちゃう！　お宅のお子さん、ガチで死んでるからもっと焦って！」って叫びそうになったわよ」

「いやぁ……なんつーか、スマン。おかんの性格が大らかすぎるっつーのもあるけど、普段っから奔放に過ごしていた俺のせいもあるわ」

「あ、それは間違いないわ」

「いや、そこはちょっと否定して欲しかっ……いや、無理か」

二人の笑い声が室内に響く。一通り笑ったあと、蛍夏は手に持つメモ帳へと目を移す。

蛍夏がＯの遺体を発見してもおかしくないよう企てた計画は見事失敗に終わった。しかも、その主な原因がＯ自身の生活態度と母親の性格なのだから、笑うしかない。

とはいえ、一応「十日間も音信不通で心配だ」という蛍夏の訴えは伝えることができた。それに、Ｏの母からも「央理に連絡するし、このあと、数日連絡が取れないようなら警察にも相談する」という言葉を引き出したので、ある程度の目的は達成されたとみていいだろう。

ただし、のんびりとした口調からして、Ｏの母が警察に通報する前に蛍夏が遺体を発見する可能性が高い。

少しでも蛍夏が容疑者として疑われないようにするために、Ｏが手掛かりを捏造した。それが、このメモ帳だ。

ページをめくると、撮影に関することについての細やかなメモが書かれてある。例えば、撮影に行きたい場所や、そこに関する詳細。更には、光の反射や影とのバランスに構図といったものがイラスト付きで細やかに書かれてある。

Ｏはそのメモを利用して、蛍夏が自分の行方を追ったという筋書きを考えたのだ。

蛍夏は手を止めた。そこは文字が書かれてあるうちの最後のページだ。

他のページとは違い、少し筆圧が弱い。けれど、筆跡は間違いなくOのものだ。内容は今回、Oがトラブルに見舞われた撮影現場に関するもの。その場所に行くまでの交通経路や道順は勿論のこと、撮影アングル等も事細やかに書いてある。

そもそも、今回の撮影旅行は突発的なものだった。今までなら、きちんと下調べや準備をしていく中で、蛍夏に、いかにその場所が素晴らしいかを鬱陶しくなるほど説く。

それなのに、今回は実家への帰省を兼ねて、近場で面白い撮影スポットを探索し、カメラに収めてくると言い出したのは出発の前日である。つまりは、あてのない旅なだけに、出発も突然だったというわけだ。

当然、撮影メモにも何も記入はしていなかった。となれば、持っていくわけもない。部屋に残されているのも当たり前といえば当たり前のことである。

そこに、霊体のOが実際に訪れた場所や、撮影スポットまでのルートを書き記したというわけだ。

十日以上音信不通な彼氏を心配した蛍夏が部屋を訪れ、行き先の手がかりを探すのは自然なことである。そして、部屋に残されたメモを発見した蛍夏が、それをもとにOを探しだすといった筋書きは、なんら不自然ではないだろう。

蛍夏が昨夜、新たに書き足されたメモをじっと見つめる。

すぐさま、ゴール地点に行きたい気持ちはある。けれど、さきほど目にしたOの姿を思い出し、ぐっと唇を噛んだ。メモ帳を持つ手も小刻みに震えている。

（あんな姿。リアルで見たらきっと耐えられない）

ここ数日で０が死んだことを理解したものの、実際に遺体を見る覚悟まではできていないことに蛍夏は気が付いた。

（もう少し……もう少しだけ０とのやり取りを楽しみたい……）

あれだけ０の居場所を知りたがっていた癖に、いざとなると臆病になってしまうのは、きっと、それが終わりだと知っているからだろう。

蛍夏は一旦俯き、ぐっと歯を食いしばる。そして、勢いよく顔をあげた。

「よっし！　最後の思い出作りだ。しっかりエスコートしてよね！」

弾けるような笑顔を見せる蛍夏の頭を、冷たい空気がフワリと撫でた。

「おっしゃー！　任しとけ！」

胸板を叩くような音が響く。それと同時に、インターホンが鳴った。

「え？」

「は？」

あまりのタイミングの良さに、二人同時に間抜けな声を出す。０の姿は見えないが、なんとなく互いに目と目を合わせて小首を傾げているような気がする。

「……誰だろ？」

「とりあえず、ドアホンで確認してみろよ」

「そだね」

身内や友人も、遊びに来る前にスマホで連絡がくる。来客予定もないのに、インターホンが鳴るといえば、宅配便ぐらいだ。

とはいえ、親からの差し入れならば、やはり前もって連絡がくるのだが、それもない。最近、ネットで注文したものもない。

休日の朝っぱらから一体誰なのかと訝しく思いながらも、ドアホンの前に立つ。

「え……」

モニターに映っている人物を見て、目を大きく見開いた。

「なんでコイツが……」

驚き戸惑う蛍夏の背後に、Oの唸るような声が響くのだった。

3

インターホンを鳴らしたのは、賀茂だった。Oとは写真仲間とはいえ、蛍夏とは今まで一切面識がなかった。

一昨日が初対面だったというのに、何故、彼が蛍夏の部屋にやってきたのか。いいや、それよりも、何故、彼がここの住所を知っているのか。

妙な緊張感から口の中が渇く。モニターを見つめたまま固まっていると、再びインターホンが鳴らされた。

ビクリと肩が震える。すると、冷たい空気に包み込まれた。

「……とりあえず、応答してみなよ」

耳元で囁かれる声に、蛍夏はハッと顔をあげる。声はすれども姿は見えず。けれど、玄関の扉を開ければ、賀茂がいる。彼はＯの姿を目視していた。

グループ展の会場でも訝しむような顔をされたのだ。ここでまた、Ｏの姿を目にしたら変に追及されるに違いない。

「Ｏは奥に隠れてて」

蛍夏は手の甲を見せて、「あっちに行っていて」というように振る。すると、即座に周囲から冷たい空気が消えた。

Ｏもまた、賀茂に〝視られていた〟ことを警戒していたようだ。空気の読めるＯが傍から消えたのだろう。蛍夏の周囲に纏わりついていたヒンヤリとした空気が霧散した。

どうやらＯが蛍夏の傍から離れたらしい。ほっと一息ついて、蛍夏が応答する。

「はい。水嶋です」

「あ、先日写真展でお会いしました賀茂です」

モニター画面の向こうで頭を下げる賀茂の姿が映し出される。賀茂は姿勢を正して真っ直ぐカメラに視線を向けた。

「あの……突然押しかけてしまって申し訳ありませんが、ちょっと訊きたいことがありまして……」

しおらしい態度を見せられれば、無碍にはできない。小さく息をつく。蛍夏は警戒しながら玄関の扉を薄く開け、声をかける。

「こんにちは。あの……訊きたいことって？」

さっさと帰って欲しいので、さっさと本題に入る。探るような目つきで賀茂を見れば、彼の視線は蛍夏の背後に彷徨わされていた。きっとＯの姿を探しているのだろう。

やはり、姿を隠してもらって正解だったと蛍夏はほっと息をついた。

「あの？　賀茂さん？」

一向に口を開かず、やたら部屋の奥を気にする賀茂に、蛍夏は胡乱《うろん》な目を向ける。すると、慌てたように蛍夏へと顔を向けた。

「あ、すみません。えっと……館山くんのことでちょっと……」

賀茂がキョロキョロと周囲を見渡し、困ったように眉を下げる。どうやら人目を気にしているようだ。

それもそうだろう。玄関前で幽霊の話をして、すれ違う人や隣人なんかに聞かれたら、変な目で見られるに決まっている。たった一度の恥で終わる賀茂とは違い、蛍夏はここに住んでいるのだ。変な噂がたったら困る。

そういった面で、賀茂が蛍夏を気遣っているのは分かるが一人暮らしの女性の部屋に、よく知りもしない異性をあげるわけにもいかない。第一、連絡先の交換すらしていない相手が、家まで押しかけてくること自体が異常なのだ。

蛍夏は率直な疑問をなげかけた。

「その前に……なんでうちの住所を知っているんですか？」

ジト目で睨むと、賀茂が「うっ」と声を詰まらせる。それから、ばつの悪そうな顔をして、目を逸らした。

「すみません……展示会に来場した時に記帳された芳名帳を見ました」

賀茂が素直に謝罪し、頭を下げる。グループ展のメンバーなのだから、芳名帳を見たって問題はない。悪用されたわけではないが、勝手に家に押しかけてくるのは明らかなルール違反だ。

賀茂自身も非常識な行動だと理解しているのだろう。腰を直角に曲げたまま、賀茂は頭をあげない。

ただ、一昨日視てしまったモノについて、どうしても気になって、このような行動をとってしまったに違いない。蛍夏だって、賀茂と同じ立場だったら、きっと同じことをしていた。

賀茂の後頭部を見下ろし、蛍夏は思いっきり溜息を吐いた。

「……とりあえず……中へどうぞ」

玄関の扉を大きく開ける。蛍夏は賀茂を部屋の中へと誘《いざな》う。すると、賀茂が勢いよく顔をあげた。

「奥に館山くんもいますよね？　気配を感じるんで隠さなくても大丈夫です」

満面の笑みを浮かべる賀茂を見て、蛍夏は誤魔化しようがないことを悟った。

＊＊＊＊＊

蛍夏の住んでいる部屋は１ＤＫだ。ダイニングに案内し、座るよう促す。

直《じか》で床に座ろうとする賀茂を見て、蛍夏がクッションを手渡した。

「ありがとうございます」

にっこりを微笑む賀茂に、軽く会釈をしてキッチン前へと移動する。

「О……いる？」

コップに麦茶を注ぎながら、小声でОを呼ぶ。けれど、返事はない。賀茂が来たのだから、どこかにフラリと出かけたわけではないだろう。

もしかしたら、寝室でこちらの様子を窺っているのかもしれない。

蛍夏はお盆にお茶菓子と麦茶を載せて、賀茂の傍へと戻る。賀茂は正座したまま、姿勢を正して待っていた。

「よかったらどうぞ」

「あ、すみません。いただきます」

座卓の上に麦茶とお茶菓子を置くと、賀茂が丁寧に頭を下げる。そして、コップを手にして、麦茶を飲んだ。

外は暑い。冷たい麦茶が美味しいのだろう。喉を数回鳴らして、一気に飲み干した。

「くぅ……生き返りました」

笑顔を見せる彼に、麦茶のおかわりを注ぐ。感謝の言葉を告げた賀茂が、不意に視線を彷徨わせた。

「どうかしましたか？」

虫でも飛んでいるのかと思い蛍夏も賀茂に合わせて目を動かす。飛んでいるようなものは何もない。当然、不快な羽音も聞こえない。

小首を傾げた蛍夏は、そこで「あっ」と声をあげた。

「Oなの？」

蛍夏の声と同時に、賀茂の視線も止まる。その目は斜め上を向いている。位置として、ちょうど蛍夏の左肩の上あたりだ。

蛍夏もまた、賀茂の視線と同じ場所を見つめる。

「あー……視えて欲しい人には視えないのに、視えなくてもいい奴には視えるんだもんなぁ……」

蛍夏の左側から髪の毛を掻くような音と同時に、Oの不貞腐れたような声が響いた。

「で。俺になんか用なわけ？」

気怠そうな声をだすOに、蛍夏がちょっと待ったをかけた。そして、寝室へと駆けだす。どうしたのかと不思議そうな顔をしている賀茂の前に、蛍夏が姿見を抱えて戻って来た。

「賀茂さんには視えて、私には視えない状態で話し合うっていうのは、どうかと思うの」

鼻息荒く、姿見を床に置く。その前にクッションを置き、指をさす。

「Oはここね！　あ、体は鏡に対して横向きになるように座ってよ」

バンバンッとクッションを叩く蛍夏の勢いに、賀茂が顔を引き攣らせた。

「あ、う、うん。水嶋さん……館山くんの顔は見えない方が……」

「あー。ぶっちゃけ、今朝もOの顔は見てるんで。どんな状態かは知ってるから大丈夫です。それより、二人が目配せしたり、表情で語り合ったりして私だけ除け者になる方が嫌なんですよね」

「あ、ああ。そう……」

蛍夏の目は座っている。圧の強い視線を受けて、賀茂が苦笑した。その間にOは素直にクッションに座ったようだ。鏡にはOの姿が映っている。

「さてと。これでいいだろ？」

鏡に映るＯと目が合う。腐ってはいるけど、なんとか原型は留めている。ホラー映画のゾンビと思えば可愛いものだ。

蛍夏は満足げに頷いた。それを見て、賀茂が目を見開く。

「さすが……舘山くんの彼女だけあるね」

怖いもの知らずだと言いたいのか、それとも順応力が凄いと言いたいのか。多分、そのどちらもだろう。

感心する賀茂に、Ｏが面倒くさそうに口を開いた。

「で？　俺ら、これから出かける予定なんだけど。ちゃっちゃと用件言って、さっさと帰れよ」

Ｏの塩対応には慣れているのだろう。むしろ、無視されないだけでも嬉しいのか、賀茂が嬉しそうに口角をあげる。そして、ちらりと横目で蛍夏が準備していた旅行鞄を見ると、胸を撫でおろした。

「よかったぁ……もしかしたら、もう出発してるかと思ってたんだよね」

「え？」

「はぁ？」

Ｏと蛍夏が旅に出る事を知っていたかのような口ぶりに、二人は素っ頓狂な声を出した。驚く二人を余所《よそ》に、賀茂が朗らかな笑みを浮かべて勝手に話を進めていく。

「いやぁ……ほらさ。舘山くんと連絡つかなくなった時点で〝もしかして……〟とは思ったんだよね。だって、君。撮影に夢中になると、危機管理能力低下するでしょ？　しょっちゅう怪我してたし、崖から落ちたこともあったよねぇ」

当たり障りのない世間話のように話しているが、その内容は少々物騒だ。蛍夏は、「え。怪我したとか聞いてない」と低い声を出して、鏡を睨みつける。

目と目が合ったOが慌てだす。

「おいおい。その話、今は関係ないだろ」

一人で喋り続ける賀茂の口を、Oが押さえようとする。すると賀茂が、触れられない筈のOの手首を掴む。二人はそのままもつれ合う。あり得ない光景を目にした蛍夏は呆然とした。

「え？　ちょっと待ってよ。賀茂さん、Oを触れるわけ？」

ぼそぼそと小さく呟く声は、いまだじゃれ合う二人には聞こえていない。

鏡越しとはいえ、姿は見える。会話だってできる。

でもそれだけだ。触れ合うことはできない。

知り合った年数も、一緒に過ごした期間も。更に言えば、お互いに思い合う気持ちだって賀茂なんかよりも数倍、いや、数十倍深い。

霊と触れ合うことができるのは、単なる体質にすぎないことだと頭では理解している。

しかも、同性同士の絡みだ。嫉妬したって仕方がない。それぐらいのことは分かっていても、モヤモヤするのは止められない。

禍々しいオーラを纏いだした蛍夏に、Oがいち早く気が付いた。

「すまん！　い、今までのことは大目に見てくれよ」

鏡の中では土下座するOの姿が映っている。蛍夏が不機嫌な理由を、「危険な目に遭っていたことを内緒にしていたこと」だと勘違いしているようだ。

そんなOを見て、賀茂がニヤニヤしている。きっと賀茂は、Oが蛍夏に叱られることを想定して、わざとこの話題を出したに違いない。

見た目や性格、タイプは違うが、二人はどこか似た空気を纏っている。

（……なんか、嫉妬するのも馬鹿らしいわ）

Oが賀茂を嫌うのは同族嫌悪であり、賀茂がOを構うのは似た者同士が惹かれ合うといった感じであろう。

面倒臭い二人の関係に溜息をつく。その深い息ですら、怒りを堪えていると思ったのだろう。Oが体をビクつかせた。

（二人の勘違いを利用して、この話を終わらせた方がいいわね）

蛍夏は、意外と気さくな二人の関係を妬んだことを気づかせないためにも、Oの謝罪に答えた。

「今の状況で怒ったたって仕方ないじゃん」

大きくため息をつけば、二人とも「あ」と間抜けな顔を晒す。それよりも、本題は賀茂が何故、ここに来たのかということだ。

「それで？　時間がないんだけど？」

苛立ちを露わにして、賀茂を見る。その途端、男性陣二人が正座する。姿勢を正したあと、賀茂はOに視線をやった後で、蛍夏と向き合った。

「水嶋さん。館山くんを探しに出掛けるんですよね？」

「体を探すだけじゃないですけどね」

「……もしかして、館山くんの最後の軌跡を？」

ここでいう「最後の軌跡」とは、「最後の撮影」という意味と同時に、「生きた証」という意味も含まれていることを、蛍夏は敏感に感じ取り頷いた。

沈黙が流れる。微動だにせず、まっすぐ蛍夏を見つめていた賀茂が、太ももの上に置いていた拳に力を入れた。ごくりと喉を鳴らすと、覚悟を決めたように口を開いた。

「その旅。僕も一緒に連れて行ってくれませんか？」

真顔で放たれた言葉に、蛍夏とOはまったく別の反応を見せた。

「はぁぁぁぁ？　なんでやねん！」

すぐさま大声でOがツッコミを入れる。その横で蛍夏は一旦、思考を停止した。

「いやね。ほら、僕。本気で館山くんのことはリスペクトしてたんですよ。カメラに向ける情熱や、どんな世界を見てきたのか。最後に見た景色はどんなものだったのか。色々気になる気持ち、館山くんなら分かるでしょ？」

「いいや。分かんねーよ！　俺の世界は俺だけのものだし！　俺が切り取った世界から何を感じるかは、人それぞれだろ」

「まあ、そうなんですけどね。飽くなき探求心が生み出す世界だってあるじゃないですか。ですから、館山くんの経験や世界観を僕の肥やしにしたいなと」

「ちょ！　お前、今、肥やしっつった？　俺の経験を肥やしにっつったー？」

カメラバカ二人が騒いでいる間に、蛍夏の思考がようやく正常に戻る。

Oと一緒に過ごせる時間はあまりない。

これまでカメラを優先してきたOが、残された時間全てを蛍夏のために使うと言ってくれたのだ。誰にも邪魔されたくない。

蛍夏は、どうやって賀茂のお願いを断ろうか思案する。

蛍夏と賀茂が会うのは本日で二回目だ。

友人どころか、知人とも言えない。はっきり言えば、ただ「会ったことがあるだけ」の異性でしかない。

いくらOの仲間とはいえ、蛍夏とは信頼関係の「し」の字もない関係だ。

二人で旅行だなんて、あり得ないと言えば、賀茂も納得するだろうと考えた。

「見ず知らずの異性と二人っきりで旅行だなんて、お断りです！」

蛍夏は毅然とした態度で断りをいれた。掌を賀茂に見せて「NO」と態度でも示す。しかし、ここでへこたれないのが、空気の読めない男・賀茂である。彼はすかさずOを指さした。

「館山くんも一緒だから、二人じゃないよ」

「ばっか！　お前、そういう問題じゃねーだろ」

「だって、君。いざとなったら僕を羽交い絞めにするなり、殴ったりできるじゃん」

「え？　は？　あ……まあな」

賀茂の指摘に、Oが頷く。その顔は少しだけ得意気だ。

「それに、触れられなくても物を動かしたりはできるんだし。水嶋さんが危ない時には助けることだってできるでしょ」

「あー……そういや、そうだった」

うまく丸め込まれそうになっているOを、蛍夏はジトリと睨む。

「ちょっとO！　言いくるめられないでよ。危険云々の前に、付き合ってもいない、幼馴染でもない男女二人が旅行なんか行くこと自体が常識的に考えておかしいでしょ」

「あ！　それな！　そこ、大事だよな！」

うんうんと頷くOに、蛍夏は更に続けた。

「だいたい、今回はうちとOの実家にも寄るんだよ？　賀茂さんを連れて行ったら面倒なことになるじゃない」

「確かにな。ってなわけで、賀茂。すまんが諦めてくれ」

賀茂に断りをいれるOが、清々しい笑顔を見せる。ニカッと笑った瞬間、ぼろりと頬と顎の肉が崩れ落ちた。

蛍夏は落ちる肉片を目で追うが、床に落ちる前に消滅した。すでに感覚がマヒしている蛍夏同様、賀茂もまた平然としている。

むしろ、顔面が崩れていく様よりも、Oの家族という言葉に反応し目を輝かせていた。

「えー！　館山くんのご家族にも会うんですか？　それは興味深い。やはりここは、是非ともご一緒に……」

「だーかーら。一緒じゃなくてよくない？」

たった一言が余計に好奇心を刺激してしまったようだ。Oと蛍夏、両方ともが断りを入れても、なおも諦めない賀茂が最終兵器を口にした。

「僕。車出せますよ」

旅費はある。けれど、これから行こうとしている場所は、公共交通機関では不便なところも多い。

なんとも魅力的なフレーズに、蛍夏の心はグラリと傾くのであった。

五日目

1

久しぶりの実家は、快適の一言に尽きる。大学に入ってからというもの、年に数回しか地元には帰ってきていない。

それでも、部屋の中はきちんと整理整頓されている。母がこまめに換気や布団干しをしてくれているのだろう。

空気は澱んでいないし、布団からはおひさまの匂いがする。

「あー……親に感謝だわ」

急に帰ってきた娘に悪態をつきながらも、優しく迎えてくれるのは、家族だからこそだ。

ふかふかの布団の中でスッキリと目を覚ました蛍夏は、スマホで時間を確認した。

「まだ六時か」

夏の朝は早い。カーテンからはすでに太陽の光が射しこんでいる。霊になってからは人間の三大欲求というものを感じなくなったというOは、お風呂やトイレ以外はほぼ蛍夏の傍にいた。

しかし、今朝は彼の気配を感じない。Oもまた、慣れ親しんだ自分の家で過ごしているのだろう。

「流石に、親の前で幽霊になった宣言はしていないだろうけど……」

蛍夏はクスリと笑って、ベッドから降りた。

約束までにはまだ時間がある。軽くシャワーでも浴びようと、ドアを開けた。その瞬間、味噌汁とごはんの炊ける匂いが鼻腔をくすぐる。食欲を刺激され、お腹が鳴った。

「くう……やっぱ、実家って最高だわ」

朝から何もしなくても、ごはんができている。母の偉大さを感じながら階段を下りた。

＊＊＊＊＊

「おはよう」

バスルームに行く前にキッチンで朝食の支度をしている母に声をかける。驚いたような顔をして母が振り返った。

「あら。早いじゃないの」

「うん。なんか目が覚めちゃった」

笑顔で答えると、母の顔が曇る。

「あ……央理くんのことが気になって、寝られなかったのよね……」

昨夜、連絡もなしに帰宅した蛍夏に驚いた家族には、〇と連絡が取れないことを話してある。

それと同時に、グループ写真展の受付担当日にも顔を出さない〇のことを心配したメンバーが、一緒に地元まで来ていることも報告済みだ。

母が辛そうな顔をするのも頷ける。多分、私の笑顔を空元気だと勘違いしているのだろう。

けれど、早起きの理由はまったく違う。久しぶりの我が家に安心してぐっすり寝られたからだ。

そんなことを言えば、「薄情者」と言われるかもしれない。

だが、蛍夏はこの数日間、寝られない日々を過ごしていたのだ。Oがいなくなった部屋で一人目覚めるたびに、〝これはきっと夢オチ〟だったのだと何度も言い聞かせた。

朝になれば、「すまん。スマホなくして連絡取れんかった」と、呑気な声が聞けることを期待した。

しかし、毎朝、現実を突きつけられる。そんな日々を送っていれば、実家の居心地の良さに気持ちが緩むのは当然だろう。

久々に熟睡できたからこそ、すっきりとした目覚めを味わえたのだ。

とはいえ、こんなことは母には言えない。

蛍夏は曖昧に頷いた。

＊＊＊＊＊

約束の時間五分前に賀茂がやってきた。

「昨夜は遅くまでお嬢さんを連れまわしてしまい、申し訳ありませんでした。本日もご一緒させて頂きますが、夜には無事に送り届けますので。宜しくお願い致します」

丁寧に菓子折りまでもってきた賀茂が、母に挨拶をする。爽やか好青年を絵に描いたような服装と容姿も相まって、母は好印象を持ったに違いない。

「そんなに気を使わなくてもいいのよ。昨日だってきちんと挨拶してくれたじゃないの。それより、央理くん。どこに行っちゃったのかしらねぇ……あの子。フラリと一人でどこかに出かけて連絡が取れなくなることはよくあるけど、余程のことがない限り約束事を破るようなタイプじゃないんだけどねぇ……」

「ええ。僕もそう思います。ですから、心配で……館山くんから水嶋さんのことはよく聞いていたので、展示会に来られた際に事情を説明したんですが……」

「ああ。そこで蛍夏も央理くんと連絡が取れないって聞いたんですね」

「はい。二、三日ならまだしも、流石に一週間以上ともなると……」

賀茂が目を伏せ、不安げな表情を見せた。大切な仲間をいかにも心配していますといった雰囲気に、母は感動しているようだった。

「央理くんに、こんなに素敵なお友達がいるなんてねぇ……まだ、館山さんのところは特に慌てた様子はないから。ひょっこり帰ってきたら、おばさんからも叱っておかなきゃね」

母もイケメンには甘いようだ。茶目っ気たっぷりに答える母に、賀茂が「ありがとうございます」と言って微笑む。それを見た母の頬に朱がさす。

かなり賀茂のことを気に入った母が、更に会話を続けようとした。このままでは母との会話で時間が潰れてしまう。

蛍夏は母が口を開く前に、言葉を被せた。

「じゃ、そろそろ出るね」

いきなりの出発宣言に、母が目を丸くする。

「ええ？　もう？」

驚きの声をあげるが、その目は賀茂を見ている。どうやら、まだ賀茂と話をしたい様子だ。若くて見目麗しい男性。しかも、柔らかな物腰のインテリ王子とくれば、熟女が構いたくなるのも頷ける。

しかし、今日は予定がいっぱいなのだ。母の期待には応えられない。はっきりとお断りさせていただく。

「だってOん家《ち》にも顔出すつもりだもん。おおよその時間は伝えてあるし。遅くなったら悪いでしょ」

「今からお隣に行くの？　手土産は？」

蛍夏がOに会いに行くのとはわけが違う。昔からの付き合いとはいえ、礼儀は大切だ。

慌てる母に、賀茂が口を挟む。

「あ、それは僕が用意して……」

「まあまあ！　何から何まで……賀茂さんはしっかりしてますねえ」

賀茂が言い終わらないうちに、母が褒める。大袈裟すぎる母の態度に、賀茂が苦笑した。

「い、いえ。僕の方が水嶋さんに頼んだことですから」

「今時、そこまで気遣いできる子はいないわよお」

うっとりとした視線を向け、「こんな子が息子だったら幸せよねぇ」などと母がのたまう。

「ちょっとお母さん。いくら好みだからって、グイグイ行きすぎ！　賀茂さんも困ってるでしょ」

「あらやだ。ごめんなさいねぇ」

まったく悪びれていない母は、「ほほほ」と口元に手をあて笑う。蛍夏は半眼状態で母を見たあと、呆れたように息を吐いた。

「ほんと、もう行くからね」

玄関の扉に手をかける。母も引き際はわきまえている。蛍夏が本気で苛立っているのを感じとり、頷いた。

「分かったわよ。あ、そうそう。なん時頃帰ってくるつもり？」

「うーん。賀茂さん、駅前のビジネスホテルに泊まってるから夕食ついてないんだよねぇ……」

チラリと横目で賀茂を見て言葉を濁す。

「だったら、昨日みたいに二人でご飯、食べてくるの？」

母の質問に、賀茂が答えた。

「いいえ。夕飯前にお送りするつもりです。その代わり、一人でも気軽に入れて美味しいお店教えてください」

キラッキラのスマイルが眩しい。たった数分で賀茂の虜になった母を見た蛍夏は一瞬、白目を剥きそうになった。

「計算つくされた熟女キラー……」

蛍夏は賀茂が背負っている完璧な猫を見て、頬を引き攣らせた。そして、裏表のない、まっすぐな〇が賀茂を苦手なのも分かるような気がした。

母から聞いた飲食店を賀茂がスマホのメモ帳に打ち込んだのを見た蛍夏は、〝今度こそ〟といった感じで玄関のドアを開けた。

「いってきます」

「お嬢さんをお借りします」

「はーい。うちの子。あんまりお役に立てないかもしれないけど、央理くんに関する嗅覚の鋭さは誰にも負けないし。地元の道案内くらいはできるから、使い倒しちゃってねー」

出発の挨拶をする蛍夏と賀茂に、母がご機嫌な声で送り出す。

愛娘を犬やカーナビのように扱うのはいかがなものかと思う。頭上からクスクスと笑う声が降ってくる。

「……賀茂さん、笑いすぎ」

「ふふふ。水嶋さんのお母さんの許可を得ましたし。館山くんへの執着を発揮して、いろいろと案内してくださいね」

「ちょ！　執着ちゃう！　誰も、執着ゆーてない！」

実際には、執着心アリアリなのだが、事実を指摘されると慌てるのが人というものだ。必死に否定する蛍夏を見て、更に賀茂が笑みを深める。

その目は、「そんなにも館山くんのこと好きなんですねぇ」とからかうような色をしていた。

「え？　お前、俺のこと大好きじゃん」

不意に届いたのはOの声だ。

「ちょ！　Oいたの!?」

声のした方に振り返る。

「え？　当たり前じゃん。お前らのくっさい芝居も最前列で観てたぜ？」

「うっそ！　気配しなかったし、朝から一言も声を出さなかったじゃんか！」

「だってさぁ……おばちゃんに気づかれたら大騒ぎになるだろ？　そういう時は静かに見守るに限るっしょ」

軽いノリではあるが、Oの意見は的を射ている。その通りだと思い頷けば、賀茂がクスクスと笑い出す。

「まあ……静かにはしていましたが、堂々と人前に出ている時点でどうかと思いますけどねぇ」

「ん？　なんでだよ」

「だって、その姿……水嶋さんのお母さんに霊視能力があったら大惨事ですよ」

笑いを堪えて発言した賀茂は、Oがいるであろう位置で目を上下に動かすと、「というか、容姿自体が大惨事でしたね」と付け加え、声を出して笑った。

「ばっかやろう！　その言い方だと元々不細工みたいだろうがっ」

「え？　なんですか？　館山さんってば、もしかして自分の顔がイケてると思ってました？」

おこがましいですねと言わんばかりの返しに、Oが舌打ちする。

「かっこいいとまでは言わんけど、顔面は崩壊してねーよ！」

「今は崩壊してますけどね」

「うっせーばーか！」

「ふふふ」

「腐腐腐《フフフ》じゃねーし。誰がうまいこと言えと！」

「そんなつもりで笑ったわけじゃないんですけどねぇ」

軽快なリズムで繰り広げられる言い合いは、どこか楽しげだ。Oは賀茂のことを苦手だと言っていたが、二人のやり取りは気の置けない仲にしか見えない。

「なんか二人。仲いいよね」

嫉妬心を表に出さないよう、なるべく淡々とした態度で呟く。すると、二人同時に声をあげた。

「そうなんですよ」

「そんなわきゃねーよ！」

声のトーンも台詞も真逆だ。それなのに、表情は同じなのだから笑える。

「どんだけ息ぴったりなのよ」

あまりにもシンクロしすぎていて、拗ねるのも馬鹿らしくなる。

呆れたように肩を竦めてみせると、賀茂が「あ」と声を漏らした。

「どうしたの？」

「いや……ここ。まだ水嶋さんちの門の前ですよね？」

「あー……」

平日の通勤時間よりも遅いので、すれ違う人はいなかった。とはいえ、自宅の真ん前である。会話の内容に耳をそばだてている人はいないだろうが、近所の目というものがある。

この辺りは、近所付き合いが盛んなほうだ。ちょっとしたことでもすぐに噂になる。「水嶋さんの娘さん。大学に入ってから男をとっかえひっかえしているみたいよ」だなんて言われかねない。

第一、Oとの関係は近所にも知られているのだ。門前で彼氏以外の男と話しこんでいるだけでも、近所のおばさま連中に見られたら恰好のネタにされてしまう。

蛍夏は慌てて周囲を見渡した。誰かがこちらの様子を窺っている雰囲気はない。今のうちだと思い、蛍夏は賀茂の目を見て顎をしゃくった。

「とりあえず、Oんちに突撃しよう!」

賀茂が返事をする前に、蛍夏はさっさと館山家のインターホンを押す。こうすれば、誰が見ても、賀茂は蛍夏とOとの共通の友人だと思われる筈だ。

「自意識過剰じゃね? Kの恋愛事情を気にするような人なんて、誰もいねーと思うぞ?」

ケケケと笑うOの声が背後から追ってくる。小馬鹿にした笑い声を無視して、インターホンで応答したOの母親に訪問の旨を告げた。

2

蛙の子は蛙とはよく言ったものだ。息子の楽観主義と能天気さは、親譲りなのだと改めて思う。何が言いたいかというと、館山家への訪問で得られた情報は何もなかった。

もともと期待していなかっただけに、凹むことはなかった。なんなら、最大の情報源はすぐ傍にいるのだ。Oの行方に関しての聞込み調査は不発に終わっても何ら問題はない。

だったら何故、館山家にお邪魔したのか?

それは、あくまでも〝連絡が取れなくなったOを心配して探しています〟ということを、周囲にアピールする、いわば一種のパフォーマンスである。

館山家を後にした蛍夏は、近くのコインパーキングに停めてあった賀茂の車に乗り込んだ。

「いやあ……館山くんが自由奔放なのも分かる気がしました」

Oの母親とした会話を思い出しているのか、賀茂が若干引き攣った笑みを見せる。

それもそうだろう。昨夜、Oが音信不通であることを連絡しておいたというのに、「ま、そのうち帰ってくるでしょ」と豪快に笑い飛ばされたのだから。

もちろん、そのことに関してはOの日ごろの行いが災いしている。けれど、それだけではない。

館山家には、「最低限のマナーを守り、人様に迷惑をかけなければ好きなことをしていい。ただし、全ては自己責任」という家訓によって培われた、独特の価値観がある。

Oも小さな頃から、その教えを刷り込まれてきた。だからこそ、彼の両親は、Oという一人の人間を信頼しているのだ。それこそ、ああやって笑っていられるのが、何よりの証拠だろう。

親にそこまで信じてもらえるということは、自由奔放に過ごしているようで、Oが節度のある行動をしてきたということに他ならない。積み重ねてきた信用を、まさかの形で裏切ってしまったOだが、それを挽回するチャンスは二度とないのだ。

なんとも言えない空気が車中に漂う。

運転席に座る賀茂もまた、蛍夏の心情を悟ったのだろう。憐憫の色を宿した視線を助手席に向けている。

傍から見たら不自然な光景だろう。同年代の男女二人しか車には乗っていない。それにもかかわらず、一人は運転席、一人は後部座席に座っている。しかも、何故か二人の視線は助手席に集中しているのだ。

蛍夏の目からは空席でしかない助手席から、ばつの悪そうな声がした。

「あー……まあ、そんな目で見んなよ。俺も流石にあそこまで心配されてねーっつーか、信用されてるとは思ってなかったんだって」

ふと助手席側の窓ガラスに目をやると、Oの姿が反射していた。ここ数日で見慣れた筈なのに、思わず息を呑む。

夏は湿度と温度が高いせいか、なんでも腐りやすい。しかし、ここ数日での腐敗の進行速度と比べ、今朝は明らかに進み具合が酷すぎる。

顔面は崩壊し、原型を留めていない。体液が沁み込んでいるのか、ぐっしょりと濡れた服は腐葉土のような濁った色に変色している。

ぶよぶよとした肉が剥がれ落ち、骨が剥き出しになった手の甲を見れば、きっと服の下も相当崩れていることが想像できた。

身体中に蟲が這い回る。服が波打つのが目に入る。そこで蠢くものたちが脳裏に浮かびそうになり、つっと目を逸らした。

ふと、ルームミラー越しに賀茂の視線とぶつかる。その目は明らかに蛍夏を心配していた。

今後、ますます酷い状態になっていく〇と一緒に行動するのだ。しかも、この旅の終わりには悲劇しか残されてはいない。そんな状況に蛍夏が耐えられるのかと、訴えているようにも見えた。

昨日までとは違い、腐りゆく〇の姿ではなく、〇であったモノが腐っている姿に衝撃を受けたことは誤魔化しようのない事実だ。

だが、その事実が蛍夏の意思を曲げるようなことはない。どんな姿であろうと、どんな結末が待っていようと、全てを受け入れることに決めているのだ。

蛍夏は口パクで「だいじょうぶ」と答える。きちんと意図が伝わったのだろう。賀茂が頷く代わりに、ゆっくりと瞬きを繰り返した。

近い未来、家族を悲しませることを想像して落ち込む〇は、二人のやり取りには気づいてない。蛍夏は静かに胸を撫でおろす。そして、徐《おもむろ》に口を開いた。

「今更後悔したって仕方ないじゃん」

「そうだけど……」

わざと明るい声を出せば、珍しく力のない声が返ってくる。僅かに間《ま》をあけて、〇が続けた。

「なんつーか。怒るなり、心配するなりしてくれてりゃ、事故だとか事件に巻き込まれただとか、ある程度の覚悟はしてくれてるわけだろ？」

「まあ、そうだよね」

「でもさ。あっけらかんと笑っていられるっていうことは、そういった予想はまったくしてねーってことじゃん……あー……くっそ。オカンもオヤジもぜってぇ立ち直れねぇだろ」

ガラス窓に映る○は頭を抱えて、悔やんでいる。一般的に、親よりも先に死ぬなんて、親不孝でしかない。そんな当たり前のことを、今になって気が付く○の愚鈍さに賀茂が呆れた顔をしている。

蛍夏は○の気持ちも賀茂の気持ちも……そして、○の両親の気持ちも分かるからこそ、苦笑した。

「○だって、死のうと思って死んだわけじゃないでしょ？」

「そんなの当たり前だろ！」

「だったら仕方ないじゃん！」

噛みつくように答える○に、蛍夏は被せた。○が言葉を詰まらせる。蛍夏はそのままの勢いで続けた。

「そりゃあさ、○の場合は自ら危険な場所に行ってんだから、自業自得な面もあるよ？　でもさ、不慮の事故なんていくらでもあるんだし。私だって、もしかしたらこの数時間後には死ぬかもしれないじゃん」

一気に捲し立てる。

「数時間後っつーことはねーだろ」

ボソリと呟かれた言葉に、蛍夏がキッと目を吊りあげた。

「そんなの分かんないでしょーが！　これから賀茂さんの運転で色々行くんだよ？　賀茂さん、運転がヤバいのあんたも知ってるでしょーが！」

「あ、はい」

「ちょっと待って。今、僕のことディスりました？」

あまりの剣幕に、Oが大人しくなる。その横で口撃《こうげき》の流れ弾に当たった賀茂が抗議しているようだが、蛍夏はそれを軽くスルーする。

「だいたいさあ、賀茂さんが視れるってことは、他にもOを視れる人がいるってことじゃん。車の運転中に今のOの顔なんか見てごらんなさいよ。恐怖に慄いてハンドル操作を誤る可能性は十分考えられるし、下手したら、こっちに突っ込んでくる可能性だってあるんだからね！」

鼻息を荒くして言い終える。言いたいことを言ってスッキリした蛍夏とは対照的に、ディスられた二人は困惑していた。

まさかの指摘に、二人はショックを隠せない。けれど、その甲斐あって、うじうじ悩んで、凹んでいたOの意識は逸れたようだ。

「まって……そんなに危ない運転かな？」

「うっそ……そこまで顔ヤバい？」

二人して、情けない声を出す。蛍夏はそんな二人を冷たくあしらう。

「二人とも気が付いてなかったわけ？　そっちのがヤバいわよ」

ガーンッという効果音が流れそうなほど、賀茂が悲壮感溢れる顔をする。多分、Oも同じ顔をしているだろう。

笑いを堪え、蛍夏は澄ました顔をした。

「っていうか、運転が下手くそだとか、Oの顔が気持ち悪いとか、そんなのはどうでもいいんだって」

「いや、俺の顔のことだし。どうでもよくないだろっ」

「え？　運転が荒いんじゃなくて、運転が下手くそ？　冗談でしょ？　僕、免許ストレート合格なのに……ちょっと傷つくなぁ、ソレ」

どうでもいい部分に反応する二人は無視するのに限る。いつまでも、不毛な会話はしていても時間の無駄だ。

蛍夏はさっさと話を切りあげ、本来の目的に戻ることにする。

「ちょっと二人とも静かにしてくれる？」

冷めた口調でぴしゃりと告げる。ハッとしたように二人同時に口を閉じた。

「とりあえず……いつ死んでも後悔しないように、今できること、今やりたいことに情熱をかけて、夢中になってきたわけじゃん。だったら、今更悔やむのはおかしいでしょ」

淡々と語る蛍夏の言葉は、空席に見える助手席に向けられている。Oにも自覚があるのだろう。

喉を鳴らして押し黙った。

「だいたいさ……残された時間すべてを私に捧げるみたいな言い方してたけどさあ……本当は別の目的があるんでしょ？　だから、わざわざ幽霊にまでなって、私の前に現れたんじゃないの？」

疑問系で問いかけているものの、蛍夏には確信があった。Oの身勝手さに振り回されてきたのは、何も蛍夏だけではない。友人、知人、それに家族だって、散々振り回されてきている。

勿論、蛍夏は恋人なのだから、特別扱いされる理由があると言えば、そうなのかもしれない。だが、彼は根っからの自由人だ。好きなことにのめり込む気質は、死んでも治らない。

きっと死んだ今だってカメラを掴んで放していない。

(Oだったら、魂だけになったって、残された時間を好きなことに費やす筈だわ)

そのことに気が付いたのは、つい先ほどのこと——Oが自分の親からの反応を想像して、落ち込んだ姿を見た時だ。

義理堅く、責任感はあるとはいえ、Oは基本的には自由気ままで、自分勝手だ。それなのに、周囲から嫌われないのは、根っからの明るさと、無邪気さ故《ゆえ》だろう。

そうは言っても、Oの性質を受け入れられない人だっている。だが、O自身は嫌われていてもさほど気にすることがない。来るもの拒まず、去る者追わずといったスタンスであるし、周囲からどんな風に見られていようと構わないところがあった。

その逆も然り。他人《ひと》は他人《ひと》、自分は自分といった考え方なので、自分の意見を押し通すこともない。自分に迷惑がかからなければ、別に誰が何をしても構わないといったタイプである。

だからこそ、人の心の機微に疎い。

親の気持ちですら、今の今まで気が付かなかったのだ。

そんな彼が、恋人である蛍夏に気を使い、残された貴重な時間で、恋人らしい思い出を作りたいだなんて本気で思うだろうか？

答えは否だ。

もちろん、散々振り回してきた自覚はあるだろう。多少なりとも罪悪感もあるだろう。けれど、元来、彼はそういったことを気にしない。むしろ、ある意味うらやましいほど、自分の欲に忠実なのがOという人間なのだ。

Oの性格をよく知り、Oの我儘を受け入れて来た蛍夏同様に、Oもまた、蛍夏の性格をよく知っている。本気で拗ねさせたり、怒らせたりする絶妙な匙加減によって、蛍夏はOに翻弄されてきたのが何よりの証拠だ。

そんな彼が、「残された時間を蛍夏と一緒に過ごしたい」と言った時点で、裏があることに気が付くべきだった。

いいや。よくよく考えてみれば、それがOの手口だったようにも思える。

大切な人が幽霊になって現れたとしたら、その死因や理由が気にならない人はいない。

更に言えば、幽霊になって出てくるほどの未練を考えない人だっていないだろう。それが恋人の霊であれば尚更だ。

幽霊姿でのご対面という衝撃。そして、Oらしからぬ、しおらしい態度によって困惑していた蛍夏は、まんまと彼の策略にハマった。つまりは、この旅行計画自体がOの計画通り。

（思い返してみると、Oの未練について考えた時だって、Oと会話した後じゃなかったっけ？）

考え出したらキリがない。ただ、自分自身の行動すらも、Oとの会話から誘導されたように思えた。

助手席側の窓を見れば、蛍夏の方を振り返っているOの姿が映っている。蛍夏はOの顔がある位置に向けて、ジトリと睨む。「ちゃんと説明してよ」という気持ちが、Oには伝わったようだ。

「あー……やっぱ、Kにはバレてたかぁ～」

Oがヘラリと笑う。まったく悪びれていない様子に、つい低い声がでる。

「バレてたかじゃないし」

口を尖らせると、Oが機嫌を取るように謝罪した。

「すまんすまん。でも、Kと一緒に過ごしたいっつーのは本音だしさ」

「そんなんじゃ誤魔化されませんけど？」

「誤魔化しちゃいねーよ。俺のことを一番理解してくれてるKにしか頼めないことだし。かといって、面と向かって頼むのも照れ臭かったっていうか……」

あくまでも有耶無耶にしたいようだ。ここまでハッキリと追及しても言葉を濁すOの頑固さには呆れる。

それでも、遠まわしではあるが、Oの目的には蛍夏が欠かせないと暗に示してくれた。騙されたことに関して言えば、蛍夏の想いを弄ばれたようで腹が立つ。それでも、最後に頼りたい相手に選ばれたことは、素直に嬉しい。

こちらが欲している言葉をさらりと付け加えるからこそ、ほだされる。これも、惚れた者の弱みだろう。なんだかんだ言って、ついOには甘くなってしまうのだ。

肩の力を抜き、怒ってますというポーズを解く。ただ、ここでうまくはぐらかされるのも癪だ。蛍夏は自分でもしつこいと思いつつも、Oの返事を利用する。小さな溜息を吐き出しながら、再び言い方を変えて尋ねた。

「で、何を頼みたかったわけ?」

質問をしているものの、蛍夏の中ではOからの答えは絞れていた。

未練があるとしたら、カメラや写真に関するものしかない。この旅の最後はOの最期の場所だということを考えても、行きつく答えは一つしかない。

きっと、撮影した写真を何等かの方法で世に出して欲しいという願いなのではと推測していた。

蛍夏の問いかけに、賀茂が興味津々といった表情を見せる。蛍夏と賀茂の、それぞれ違う意味での期待が込められた視線が助手席に向けられた。

「賀茂、うざい」

賀茂の顎が、何かに押されるように上を向く。

「いてててて。館山くん。暴力反対！」

首を反らせ、苦しそうな声で訴える。その手は、空中で何かを掴んでいた。Oが掌で賀茂の顎を押しあげているようだ。

じゃれ合う二人をこのまま放置していると、日が暮れてしまう。蛍夏は両手を叩いて、大きな音を出した。

乾いた音が車内に響く。驚いた二人の目が蛍夏に向けられた。

「二人とも。もう、お昼よ？　時間がないの。お願いだから、じゃれ合うのは後にしてくれるかな？」

まったく抑揚をつけない棒読みが、圧力を増す。蛍夏の気迫に押された二人が同時に、「はい」と答えた。

「で？」

二人が大人しくなったところで、再びOを促す。軽く咳払いをし、Oが姿勢を正したような気配がした。

「……俺の目的とか願いなんか気にせず、もう少しだけKと一緒に楽しみたいんだけど……」

懇願するような切ない声色に、蛍夏は何も言えなくなった。我儘なOには、結局最後の最期まで振り回される。

（でも、それが案外と悪くないと思えるのだから随分、自分もヤキが回ったものだ）

蛍夏は誰にも気づかれぬよう嘆息すると、Oと賀茂に向けて明るい声を出した。

「分かった！　じゃあ、早速だけど案内よろしく！」

切り替えの早い蛍夏に、車内にはどこかホッとしたような雰囲気が流れるのであった。

3

豊橋公園には美術博物館等の施設利用者のための有料駐車場と、その奥にあるグランド横の無料駐車場がある。

有料駐車場の方が綺麗ではあるが、学生の身である蛍夏たちは、当然、無料駐車場に車を停めた。

目の前にはモニュメントと化した、水の出ていない噴水がある。周囲を見渡すと、テニスコートに芝生広場といったものがあった。

散歩やランニングをしている人も多い。テニスコートからは、威勢のいい掛け声や、ボールの音が響いてくる。

「廃墟じゃないんですね」

賀茂が少しがっかりしたように肩を落とす。蛍夏としても意外だった。

実家に寄りがてら撮影旅行を楽しむと言っていたので、てっきり廃墟や洞窟、不思議スポットなどマニアックな場所を点々としていると思っていたのだ。

まさか、豊橋の中心地であり、市民の憩いの場所にやってくるとはまったく予想していなかった。

Oの作風からして、こんな爽やかな場所で撮影していたようには思えない。

賀茂に同意するように頷けば、Oが小馬鹿にするように鼻を鳴らした。

「ばっかだなぁ……この周辺は、撮影スポットとしてはかなり優秀なんだぜ？」

得意気な声を出すOだが、その後すぐに「ま、俺も地元すぎて、最近まで全然食指が動かなかったんだけどさ」と苦笑した。

「ま、百聞は一見に如《し》かず。とりあえず行くぞ」

いきなり後部座席のドアが開く。

「Kはちゃんとカメラ持ってこいよ」

「うん」

隣の座席に置いておいたカメラとバッグを手にして車から降りる。蛍夏の右手が冷たいもので包まれた。

恋人繋ぎをしているような感触からして、これはOの手であることが分かる。姿が視えないから、手を引っ張って案内してくれるようだ。

蛍夏が少し力を入れて握り返す。すると、快活な声が響いた。

「そんじゃ行くか」

「って、僕を置いて行こうとしないでくださいよ」

手を引っ張られ、歩きはじめようとした時、背後から声がかかる。声の主は言わずもがな賀茂である。

蛍夏の頭右上から小さく舌打ちするような音がした。

「やっぱ、一緒に来るんだ」

「行くに決まっているじゃないですか」

間髪入れずに答えた賀茂に、Ｏが溜息を吐く。

「いや、そこは恋人同士の間に割り込むのも気が引けるんでって、遠慮するのが普通じゃね？」

「既に貴方が死んでいる時点で普通じゃありませんし」

「うっ……それはそうだけど」

的確なツッコミに狼狽えるＯに、賀茂が続けた。

「第一、僕は水嶋さん専用運転手になるためについてきたわけじゃないんですからね」

「あー……俺の経験や世界観をお前の肥やしにするんだったな」

今思い出したとばかりにＯが答えれば、賀茂が頷く。

「そうですよ。館山くんのアイデンティティを形成するものの一部でも触れることができれば、僕の中でも新たな発見が生まれるかもしれませんし。何かしら成長できると思うんですよね」

胸の前で拳を握ると、無駄に整った顔でキラキラと目を輝かせる。そんな賀茂に、Oが「うへぇ……」とうんざりしたような声を出す。

「お前、いっつも小難しいことばっか言うけど。写真なんて自分が感じるままに撮ればいいだけだよ。シンプル・イズ・ベストだぞ」

呆れた様子のOに、賀茂が「いやいや」と首を横に振った。

「レオナルドダヴィンチにしろ、ピカソにしろ。構図に色のバランスにと、あらゆる計算の上で絵を描いているでしょう？　『芸術は爆発だ』で有名な岡本太郎だってそうです。感性の赴くままに描いているイメージがありますけど、実際には綿密な下絵を描いていたのは有名じゃないですか」

「まー……絵はそうかもしれんけど……」

「写真だって一緒です。構図や陰影……それとタイミング。偶然と必然、計算と感覚。全てが伴ってこそ、いいものが撮れるんですから」

賀茂の言っていることは尤もだ。カメラについてはど素人な蛍夏ですら、納得できる。

二人の会話を傍で聞いていた蛍夏は、肩にさげたカメラを両手で持った。そして、ゆっくりと持ちあげると、静かにファインダーを覗く。

四角の枠の中には賀茂の横顔しか見えない。いきなりカメラを向けられた賀茂が、驚いたように振り返った。

　ファインダー越しに目が合う。ビクリと肩を揺らした拍子に、シャッターボタンに触れていた指に力が入る。あっと思った時には乾いたシャッター音が響いていた。

「何やってるんですか」

「何やってんだ」

　賀茂とＯがハモる。

「今、写真の撮り方を説明してたから、ファインダー越しにどんな風に見えるか確認しただけよ。別に賀茂さんの顔を撮ろうとしたわけじゃないし」

　そう言って、蛍夏はカメラ本体を裏返した。小さなモニター画面で今撮ったばかりの写真を確認しようとする。ボタンを操作しようとした時、ヒンヤリとしたものが手に触れた。

「まあ、そんなものは見なくていいし。なんなら後で削除しとけばいいし」

　拗ねるようなＯの声に、蛍夏は弾けるようにして顔をあげた。

「え？　もしかして、賀茂さんにレンズ向けただけで嫉妬したとか？」

「っ！」

　何気なく尋ねれば、Ｏが声を失った。まさかの反応に、今度は蛍夏が赤面する。姿は見えないが、きっとＯも顔を真っ赤にしていることだろう。

　その証拠に、Ｏの姿も見える賀茂が僅かに眉間に皺を寄せたあと、うんざりしたような顔をした。

「年齢＝《イコール》恋人なしの僕の前で、なんですかあなた達は……」

痴話喧嘩というよりも、単なるバカップルのいちゃこらを見させられたといった立場の賀茂が、遠い目をするのも無理はない。

蛍夏は羞恥で更に頬が熱を持つのを誤魔化すように咳払いした。

「それはさておき。早く撮影スポットとやらに連れて行ってよ」

賀茂の視線を辿り、Oがいるであろう場所に向けて言う。本来の目的を思い出したOが、「あ」と声を漏らした。

「そうだった、そうだった」

Oが再び蛍夏の手を握る。その途端、賀茂の視線が蛍夏の手元に釘付けになった。

「ねえ……ソレ。意味あるんですか？」

頬をヒクつかせながら、賀茂がOに握られた蛍夏の手を指さす。

「ん？」

「え？」

いくらOの声が聞こえるとはいえ、その姿が視えないのだ。音声案内だけでは心もとない。手を引いてもらえる方が安心に決まっている。

当たり前のことを訊ねる賀茂に、間抜けな声を出してしまう。

ぽかんとした表情を見せたあと、賀茂がげんなりとした。

「あー……水嶋さんは館山くんの姿が視えなくても、僕は視えるわけです。だったら僕が館山くんの案内に従って、水嶋さんを目的の場所に連れて行けばいいと思うんですが……」

面倒くさそうに説明する賀茂を、蛍夏はキッと睨みつけた。

「賀茂さんってば、野暮ですねぇ。私たち、恋人なんですけど」

唇を尖らせて文句を言えば、「ま、まあ。そうなんですけどね」と狼狽える。

その様子からして、単なる僻《ひが》みだったようだ。

気を取り直して、Oに案内してもらう。

「公園内には美術館や吉田城の鉄櫓《くろがねやぐら》、本丸周辺の立派な石垣なんかが撮影スポットとしてはオススメなんだよね」

「えー。でも、鉄櫓って、資料館になってるんでしょ?」

「そそそ。入場料無料だし、見てくるか?」

「Oは入った?」

「うんにゃ。俺は撮影に夢中」

ニシシと笑うOの答えは思っていた通りだった。

「なら、別にいいや」

「そう?　豊橋市民としては、一度は見ておいたほうがいいんじゃね?」

「でも……」

自分一人であれば、ささっと見てくればいい。けれど、今日はOだけでなく賀茂もいる。彼を振り回しすぎてもいけないと思い、チラリと横目で賀茂を見た。

その視線に気が付いたのだろう。Oが「そういや……」と続けた。

「賀茂。お前、歴史好きだったよな？」

「ええ」

「だったら、お前も一緒にどう？」

Oの気遣いに賀茂が不敵に笑う。なんだか嫌な予感がする。

賀茂と一緒に行動して、まだたったの二日だ。けれど、爽やか好青年のような顔をしているくせに、どこか一般人とは思考がズレていることを知るには十分《じゅうぶん》な時間だった。

（きっと面倒なことになる）

Oの冷気《れいき》も強くなる。きっと同じことを思っているに違いない。

咄嗟に「やっぱ、お城よりも他の場所に行きたい」と言おうとしたタイミングで、賀茂が先に口を開いた。

「実は数年前のリニューアル直後、すぐに見に来たんですよ」

「え？　まじで？」

素っ頓狂な声を出すOに、賀茂が頷いた。蛍夏はこのタイミングで城から話を逸らそうと試みた。

「それなら別の――」

言いかけたところで賀茂の熱い語りが被せられた。

「吉田城は天守のない城でしてね。隅櫓《すみやぐら》の一つである鉄櫓がその代わりをしていたと考えられているんですよ。もともと戦国時代には前身が築城され、三河支配の重要拠点の一つとして機能していたとか」

「へ、へえ……」

城に馳せる情熱的な想い故なのか。それとも純粋に歴史が好きで、知っている知識を存分に披露したいだけなのかは分からない。

淡々と説明を語っているが、その目は熱を帯びている。あまりにも城愛の圧が強くて、受け流すような返事しかできない。

そんな蛍夏の様子などお構いなしに、賀茂は吉田城についての説明を続ける。

「江戸時代に入っても、重要防衛拠点の一つに挙げられて、出世城とも呼ばれていたそうです。ああ、そうそう。お城の近くには吉田大橋っていう橋があるんですけどね。東海道では珍しく大きな橋でして。川に面した城郭と橋を同時に描くことができるので、絵師の人気景観スポットでもあったらしいですよ。もしかしたら、当時、僕たちみたいな写真家がいたら、絵師と写真家でポジショニングの取り合いになっていたかもしれませんよね」

「は、はあ……」

ここで歴史的背景だけでなく、〇と賀茂の共通の趣味まで絡ませる話術に圧倒される。少々ドン引きしているのだが、賀茂はそれに気が付かない。まだまだ語り尽きないとばかりに、なおも話し続けた。

「ちなみに、歌川広重の東海道五十三次の中で橋と城が同時に描かれているのは、吉田城と岡崎城だけなんですよね」

話の区切りとしてはちょうどいいだろう。城の話はもうお腹いっぱいだ。

間抜けな返事しかできずにいた蛍夏は、ここで話を切りあげることにした。

「え、えっと……賀茂さん」

「はい、なんですか？」

吉田城についての質問だと勘違いしたのだろう。賀茂の表情がパーッと明るくなる。

純粋な彼に少しだけ罪悪感が募るが、今日の目的は城《コレ》じゃない。

蛍夏は思い切って賀茂に尋ねた。

「まだその話って、続きます？」

「…………あ」

困ったような顔をして賀茂を見あげれば、彼の頬が徐々に赤く染まっていく。

「ぼ、僕としたことが……すみません」

一見、似たようなところがまったくないのに、根本的にOと賀茂は似ているのだろう。好きなことに熱中すると周りが見えなくなるところも同じだ。

無意識に熱弁を奮ってしまっていたことを恥じて、耳まで真っ赤にしている賀茂を見て蛍夏はクスリと笑った。

「ねえ、O」

「なんだ？」

「城は却下ね」

「あ？　なんで？」

「だってお城の撮影なんて言ったら、賀茂さんが興奮しちゃうじゃん」

揶揄うような目で賀茂を見る。すると、平静を取り戻した賀茂が静かに首を振った。

「吉田城はもう十八回ほど、合計四八二ショット撮影したので。免疫ばっちりです！　そこまで興奮しませんよ」

真面目なのかふざけているのか分からない返事に、蛍夏とOは「やっぱ、城は却下で」と声をそろえるのだった。

六日目

1

朝、目が覚めてダイニングに降りると、テーブルの上には小さなメモと朝食が置かれていた。

メモを読むと、父は仕事、母はパートに出かけた後だったようだ。朝食は電子レンジで温め、パンは冷蔵庫の中から好きなものを食べてと書かれてある。

冷蔵庫を開けると、美味しそうなベーグルが何種類か入っていた。

「確かクリームチーズもあったよね」

バターの横に目当てのものを発見し、手に取る。ブルーベリーのベーグルをトースターに入れ、母の手作りのおかずを電子レンジで温めた。

「はよ」

自分以外誰もいない筈の家の中で、突然、耳元に冷たい息が吹きかけられても慣れたものだ。

蛍夏は振り返ることなく、挨拶を返した。

「おはよ」

「なんか旨そうなもん温めてるじゃん」

「ん？　食欲はないんじゃなかったの？」

「うーん。あるようなないようなって感じだな」

「へえ……」

生前と死んだあとでは、感覚が違うことを初めて知る。他愛もない会話をしながら、蛍夏は温め直した朝食を口にする。

視えはしないものの、〇の気配を傍に感じるので、そのまま会話を続けた。

「それにしてもさあ。昨日の賀茂さん。面白かったよね」

「ほんとになぁ。俺は映《ば》える撮影スポットを案内するつもりだったのに、いつの間にか、あいつの独壇場だったよな」

「間違いない。ぶっちゃけ『あんたはツアコンかバスガイドか！』ってツッコミそうになったもん」

地元民よりも豊橋の観光スポットに詳しい賀茂を思い出し、蛍夏はクスクスと笑った。

＊＊＊＊＊

昨日、あれから吉田城を諦めた蛍夏たちは、賀茂が落胆するのを見て見ぬフリして別の場所へと移動した。

豊橋市民以外にはあまり知られていないかもしれないが、豊橋は映画やドラマのロケ地としてよく使われている。その中でもベストオブロケ地が豊橋公会堂だ。

鉄筋コンクリート造の建物は、ロマネスク様式を基調とする外観で、正面左右両側にはスペイン風の円形ドームがある。ドーム屋根の四囲には、羽根を広げた大鷲が豊橋市内を睥睨《へいげい》するという、威厳に満ちた装飾が施されている。

その威風堂々たる風格は、国の有形文化財にも指定された。ロケ地としてだけではなく、コスプレイヤーの撮影スポットとしても有名であると同時に、現在も公会堂としての役割をきちんと果たしているのだから、いろんな意味で豊橋を象徴する施設と言えるだろう。

事実、〇も蛍夏も幼稚園のお遊戯会や、小学校の時の演奏会で使用した。二〇〇〇年に改修工事が完了しているとはいえ、ほとんどの窓やサッシ、ドアは竣工当時（一九三一年）のままのせいか、レトロな雰囲気であったことを今でもよく覚えている。

あまりにも身近な施設故に、正直、蛍夏としては、「公会堂なんかいつでも撮れるし、なんか、俗っぽい」と内心では不満を抱いていた。

けれど、そんな考えを一蹴させたのが賀茂だった。

「やはり、市内をずっと見守り続けてきた建物だけあって、何度来ても重々しさを感じますねぇ」

眩しいものでも見るかのように目を細める賀茂に、「え？　どういうこと？」と蛍夏がつい口を滑らせてしまった。

それがいい意味で、蛍夏の意識を変化させた。

年を重ねれば、もともとの造形の美しさだけでなく、その人自身の性格や育ち、生き様が顔にである。それと一緒で建物もまた、建築様式の美しさだけでなく、歴史や関わってきた人たちの想いが年々刻まれ、重厚さを増していくものだ。

更に言えば、見た目だけでなく、その中身が重要であることも同じである。

歴史的背景や、役割を知ることで、単なる無機質の塊が急に崇高でありながらも、温かさを感じるものになるのだから不思議だ。

賀茂の説明によれば、太平洋戦争末期、豊橋空襲で辺り一面、大きな被害を受けた際にも、公会堂は市内を見守り続けていたのだという。それだけでなく、時には市役所の役割を果たし、時には中央公民館になり、時には市民窓口センターに使用されるなど、地域住民のために貢献した。

さほど大きくはない建物だというのに、その存在感が圧倒的なのは、周囲に高いビルがないせではなく、背負ってきた重みがあるからなのだと改めて理解する。

「ちなみに、豊橋空襲の際、荒れた地を見下ろしていた初代鷲の像二体は、屋根から降りて展示されているんですよ」

羽一枚一枚まで丁寧に再現された鷲の像は、力強くも高潔さを感じる。蛍夏は何かに操られるかのように、ファインダーを覗く。それから被写体に引き寄せられるようにして、レンズを向けていた。

次の瞬間、軽いシャッター音が響く。その音に驚いたのは蛍夏自身だった。

「あ、あれ?」

慌ててカメラから目を離す。背後からは穏やかな二つの笑い声があがった。

「カメラを持つと、頭で感じるよりも先にシャッター押しちまうよな」

「その気持ち、分かりますよ」

自分の趣味や価値観が受け入れられると、人は嬉しくなるものだ。Oと賀茂もまた、彼らが何を見て、何を感じて写真を撮っているのかを蛍夏が肌で感じ取ったことに、喜びを隠せないようだ。

（心の琴線に触れると、無意識に体が動くとは言うけど……）

今撮ったばかりの写真を確認する。小さなモニター画面ではあるものの、そこに映しだされた写真を見て目を見張る。

目の前に鎮座するのはコンクリート造りの動かぬ鷲の像だが、モニターの中に存在するのは、鋭い目を光らせた大鷲が、今にも飛び立つのではないかと思わせる勢いのある姿だった。

陰影により、胸の羽毛すら興奮して逆立っているように見える。

「……私が撮ったんだよね……」

蛍夏は小さな液晶に見入った。

「写真ってすげぇよな。目にしたそのものを写し出しているように見えて、実は、撮影者の心情までも反映するんだからな」

まるで自分のことのように写真やカメラについて、誇らしげにOが口にする。賀茂もまた、O

の言葉を肯定するように満足げに頷いていた。

二人の言動からは、「何かを撮影する時には、その被写体の背景にまで思いを巡らすことが大切だ」ということが、ひしひしと伝わってくる。

「ほんと、写真って奥深いんだね」

思い出の記録という意味での写真と、彼らが見て、感じてきた世界との違いを目の当たりにした。

ただ、Oの傍で、Oの世界を見た気になっていただけの疑似体験とは違う。こんな両手で持てるほどの小さな機械から生み出される世界の尊さに蛍夏は感動した。

「ってなわけで。とりあえず、Kも思うがままに写真を撮ってみなよ」

Oの提案に蛍夏は頷くよりも早く、体が動いていた。

あらゆる角度から夢中になってシャッターを切る。その背を見ながら、Oと賀茂が顔を見合わせ微笑んでいたのに、蛍夏が気づくことはなかった。

その後は、賀茂も撮影に参加した。

公会堂の撮影を堪能した後は、すぐ近くにある豊橋ハリスト正教会聖使徒福音者馬太聖堂へと移動する。

国の重要文化財にも指定された教会は、戦禍を免れたお陰で貴重な文献や著名な聖像画、美術工芸品が保存されている。県下に現存する正教会の中で最古の聖堂だ。

異国情緒あふれる造りは、エメラルドグリーンに近い屋根と、真っ白な壁とのコントラストが非常に美しい。内部見学は要予約だが、この外観だけでも一見の価値はあるだろう。

「第二次世界大戦で焼失した大阪聖堂もほぼ同じデザインだったらしいですよ」

ここでもまた、賀茂の一言が効果的だった。ただ見栄えがよく、美しいだけではない。戦争を乗り越え、多くの人たちの嘆きや悲しみ、辛さや困難を受け止めてきた強さと誇りが滲み出ているような気がした。

「あんまりにも身近過ぎて知ろうともしなかったけど、なんか地元愛に目覚めそうだわ」

地元民以外の人に教えられる、豊橋の魅力に蛍夏は素直に感嘆したのだった。

＊＊＊＊＊

蛍夏は、昨日のことを思い出しながらカメラを手にしていた。

小さなモニターで自分が撮った写真を眺める。一番最後に撮影したものから徐々に前へ前へとコマ送りしていくと、Oがゲラゲラと笑い出した。

モニターには渋い顔をした賀茂の顔が映っている。賀茂の視線の先には、鉄板の上に乗ったオレンジ色のソースがかかったパスタがある。

名古屋名物のあんかけパスタだ。とろみのついたソースの上には一口チキンカツが乗っている。

「賀茂のヤツ。ほんと、面白いよな」

Ｏは爆笑したまま止まらない。昨日のことを思い出せば、蛍夏も吹き出した。

＊＊＊＊＊

公会堂に教会、神社と豊橋公園周辺撮影スポット巡りをした後、空腹を感じていた蛍夏はお昼にしようと提案した。

賀茂もまたお腹が空いていたようで、二つ返事で快諾してくれた。何が食べたいのかを訊ねれば、地元名物がいいと言う。

『別嬪《べっぴん》』の語源になった鰻屋《うなぎや》や、観光バスが訪れることもある菜めし田楽《でんがく》。そして、B級グルメの豊橋カレーうどんといった選択肢の中に、豊橋名物ではないが幼いころから慣れ親しんだ味である〝あんかけパスタ〟も入れたのだ。

大学進学のため、関東から引っ越してきた賀茂は、現在名古屋市内に住んでいるのだが、いまだあんかけパスタを食べたことがないという。

それならばと、駅前にある『チャオ』というあんかけスパ専門の店に行くことにした。

駅周辺の駐車場は料金がかかる。せっかく豊橋公園の無料駐車場に停めたのだから、勿体ない。店まで歩いて行けない距離ではないが、ちょうど県外からのお客様も一緒にいるのだ。普段乗ることのない市電に乗ることにした。

運賃は前払いで全線均一大人二〇〇円。排気ガスも出ず、値段も安いエコな公共交通機関は市内の移動には大変便利な乗りものだ。

駅から店まではペデストリアンデッキを渡ればすぐそこである。店の前に出されたメニューの看板を見て、賀茂が小首を傾げた。

「え？　あんかけスパって、餡子ソースじゃないんですね？」

あり得ない組み合わせを口にする。呆然とする賀茂に蛍夏と〇が絶句したあと、絶叫した。

「何気持ちの悪いもの想像してるんですかっ！」

「ばっかやろう！　そんなきしょいもん、名物になんかできるわけねーだろ！」

想像するだけで胸やけする。蛍夏と〇のツッコミに賀茂が再び不思議そうな顔をする。

「え？　名古屋のいりなかにある喫茶店には、甘口抹茶小倉スパとか、甘口バナナとメニューにありましたよ？」

「はぁっ!?」

「なんだその甘口パスタって！　つか、小倉!?」

想像できないメニューの羅列に、驚きを隠せない。素っ頓狂な声をあげる二人に対し、賀茂が頬を緩めて説明した。

「その名の通りですよ。抹茶味の麺に生クリームと餡、それにサクランボと黄桃がトッピングされていましてねぇ……程よい甘さで美味しいんですよ」

「え……でもパスタでしょ？」

「はい。まさに意表を突くおいしさでしたよ。ほら、僕って見た目が甘いでしょ？　だから味覚も甘党なんです」

ここで初めて賀茂が甘党であることを知った。

（だから、あんかけスパに食いついたのか……）

ネーミングだけで選んだことが判明し、蛍夏はどうしたものかと悩んだ。

「あー……甘いものが好きなら別の店にする？」

一応、賀茂に確認する。賀茂は首を横に振った。

「いいえ。想像していたものとは違うみたいですが、美味しいんですよね？」

「まあ……好みは分かれますけど、一度食べたら病みつきだっていう人もいますよ」

「なら、ここで。こういう機会でもないと一生食べることはなさそうですしね」

紳士的な笑みを浮かべて店へと続く階段を上《のぼ》る賀茂は、この後、後悔することになる。

そう――

賀茂は甘党故に、辛いものが苦手だったのだ。

出されたあんかけスパを一口食べた賀茂が、ソースの熱さと胡椒辛さに悶絶したのは言うまでもない。

＊＊＊＊＊

ナルシストで変わり者の賀茂との旅は、はじめはうまくいかないと思っていた。けれど、蓋を開けてみれば、意外と満喫している。

「Oは苦手って言ってたけど、賀茂さん。いい人じゃん」

「別に嫌な奴とは言ってないけどな。ただ、やたらと俺に絡んでくるから面倒だっただけだよ」

「……Oってば、賀茂さんに愛されてるんだね」

「うげぇっ」

写真を確認しながら、Oと会話を続ける。蛍夏が心の赴くままにシャッターを切った大鷲の像の写真まで戻った時、ふと、頬に冷たいものが触れた。

「O？」

不意に顔をあげると、一瞬だけほぼ骨となったOの姿が視えた気がした。

ヒュッと喉が鳴る。それは時間にすると、一秒にも満たない間のことだった。すぐに霧散したOの影に、蛍夏は目を彷徨わせた。

「ねえ……O」

「なんだ？」

「今も見えてるの？」

声が強張る。ぽっかりと空いた大きな二つの穴が頭から離れない。蛍夏の問いの理由をOが素早く理解する。

「ああ、見えてるよ。こうなってからは、器《からだ》なんて関係ないからな」

「そうなんだ……」

「ちなみに。今見えているのは、水面ギリギリの柔らかい鏡に反射するような空だ。僅かに揺れる水面《みなも》のお陰で歪みが生じ、すべてが完璧ではないことを悟らされる。時折、何から吐き出されたのか分からない気泡が、上へ上へと向かっていく。外に飛び立とうとして、儚く弾ける様《さま》を見れば、何故か酷く心が安らぐ」

普段のOからは想像できない詩的な表現が、穏やかに紡がれていく。どこか達観したような彼の言葉に含まれた切なさに、蛍夏は刻一刻と迫りくる別れの時を感じるのだった。

2

国道一号線で豊川方面へと向かい、宮下の交差点から151号線で新城《しんしろ》方面へと向かう。新城警察署の前を通り過ぎ、そのまま真っ直ぐ進むこと十分弱で道の駅『もっくる』に到着した。

『もっくる』という名の由来は、『木材』と『来る』を合わせたもの。その名のとおり、地域の地産である木材をあますことなく使用した木の温もりを肌で感じることのできる施設である。

無料の足湯に、高原野菜を使ったバイキングが人気で、駐車場には平日にもかかわらず多くの車が停まっていた。

「トイレも長篠の戦の馬防柵《ばぼうさく》をイメージした木組みで作られてるらしいし、女性用にはパウダールームもあるらしいですよ」

「へぇ……道の駅って言っても、綺麗なんだねぇ」

今日の目的地は奥三河蒸留所と乳岩峡《ちいわきょう》である。トイレ休憩に寄ったもっくるでは、産地直送の野菜や肉の販売やおみやげ物だけでなく、地産地消のフードメニューもある。

時間的にも十一時を過ぎたところなので、早めのお昼にすることにした。

「熊骨ラーメンなんてあるよ」

「僕としてはジャイアントメロンパンに約五十センチもあるもっくるバームクーヘン、もっくる生ロールケーキの方が気になります」

「いや、待って。なにそのデカグルメ三昧《ざんまい》」

「え？　甘いものは別腹ですよ？」

「別腹っていうよりも、甘いものオンリーじゃないですか！」

耳に入ってくるメニューに蛍夏はゾッとした。食べているのを見ているだけで気持ち悪くなりそうだ。甘味ジャンボグルメを制覇しようとする賀茂に、待ったをかける。

マイペースな賀茂は、そんなことを気にしない。蛍夏が熊骨ラーメンと馬刺しを注文している間に、ジャンボ五平餅まで追加して、テーブルについていた。

「それ、全部食べるんですか？」

頬を引き攣らせて尋ねれば、賀茂が嬉しそうに微笑んだ。

「ええ。至福の時ですよ」

嬉しそうにジャンボメロンパンをほおばる賀茂は、「デザートはソフトクリームですよねぇ」と目を細めた。

「……ないわぁ……」

蛍夏の気持ちを〇が代弁する。いくら甘党とはいえ、フードファイターも真っ青な食べっぷりに蛍夏も〇もドン引きだ。

しかも飲み物はホットココアとくれば、明らかに糖分とりすぎである。

それなのにスレンダー体型を維持している賀茂は、ある意味女の敵だとも言える。

「賀茂さんが彼女できない理由って性格だけじゃないかもね」

「ええっ!?　なんで今、ディスられたんですかっ!?」

驚きながらも、しっかりとロールケーキに食らいついている賀茂は、まさに色気よりも食い気といった感じだった。

お腹もいっぱいになったところで、奥三河蒸留所へ向かう。

途中、長篠城跡付近を通り過ぎ、車を走らせること二十分弱で到着した。

蒸留所と言えば、ウィスキーを想像する人が多いだろう。しかし、奥三河蒸留所は板敷川と森に囲まれた場所にあり、「自然」と「美」をテーマにした体験型施設である。

ここで作られるのは奥三河の森林資源を使った最高級のエッセンシャルオイルや精油、蒸留水といったもの。

蒸留体験は要予約だが、予約をせずに訪れても、蒸留過程の見学はできるし、併設されたカフェでハーブや地元食材を使ったこだわりのランチやお茶が頂ける。

もちろん、ショップもあるのでアロマグッズやハーブなんかを購入することもできるし、すぐ傍にあるつり橋からは川の清流とゆったりとした山の景観が楽しめる。

時間があれば、川沿いに湯谷温泉駅へと向かう散策コースもあるらしく、偶然立ち寄ったとしても、そこそこ遊べるだろう。

「へぇ……こんなところがあるんだねぇ」

アロマに興味のある女性は多い。もちろん、男性でもアロマが趣味の人や仕事関連で研究している人にとっては、一度は訪れてみたい場所だろう。

密かにアロマグッズを愛用している蛍夏にとっても楽しみな場所だ。うきうきしながら建物の中へと入る。扉を開けると、アロマのいい香りが出迎えてくれた。

鼻腔をくすぐる爽やかな香りに、心身ともにリラックスができる。蛍夏は鼻をヒクつかせた。

香りを胸いっぱい堪能する。それから、ガラス張りに囲まれた中にある、蒸留用の大きな機械を見あげた。

「こんな大きな機械からエキスを取り出してるんだぁ……」

ガラスの容器に溜まっていく透明な液体を見て、目を輝かせる。その横では、賀茂が併設されたカフェの窓から見える景色に釘付けになっていた。

妙にそわそわしているのを感じ振り返れば、賀茂の手はカメラを握りしめていた。

(ある意味、この人もカメラ中毒だわね)

蛍夏は賀茂の気持ちを察して、声をかけた。

「賀茂さん、写真撮っててていいですよ」

「ありがとうございます！」

被せるように賀茂が返事をする。駐車場から建物にくるまでの間も、キョロキョロと周囲を見渡していた賀茂のことだ。写したいものが沢山あったのだろう。すぐさま屋外へと駆けて行った。

その後ろ姿を見て、ふと疑問が浮かんだ。

「ねえ」

近くにいるであろうOに小さな声で呼びかける。

「なんだ？」

案の定、真横から声が返ってきた。ふわりとヒノキの香りが漂う。スンッと鼻を鳴らして空気を吸い込む。

「ん？　テスター使った？」

「あ、分かる？」

「なんか今、ヒノキの香りが鼻をかすめた」

「まじかー。霊体って匂いを纏えるんだな」

「それ。私の台詞でしょ」

「いや、俺を透明人間と思って接しろとは言ったけど、実際は透明人間と違って、魂だけだろ。器《肉体》は別のところにあるから、ここじゃあ、すけっ透《す》けだし、俺が意識しなきゃ物を動かしたりもできないんだぜ？」」

自分の意志とは関係なく、香りがつくとは思わなかったというOに、蛍夏が呆れる。

「でも自分についた匂いは分かるでしょ」

「匂いなんてすぐに慣れるから、分かんねーんだよ」

そこで蛍夏の首もとでクンクンと臭いを嗅ぐような気配がした。

「お前だって、自分が甘くていい匂いをさせてるってことに気がついてないだろ？」

揶揄うようなOの声に、蛍夏はバッと首に手をあてる。これまで一緒にいて、ほとんどされたことのないOの甘い不意打ちに蛍夏は戸惑い、顔に熱が集まる。

「そ、そういうことね！　それなら納得だわ」

照れからくる可愛げのない態度だと分かっているのだろう。クックックッという〇の笑い声が響いた。

この数日で、蛍夏は霊に関しての知識が霊体《本人》によって無駄に増えた。今後、披露することのない雑学だが、これもまた〇との思い出と思えばいつか笑い話になるのだろうか。

そこで蛍夏は、不意に違和感を覚えた。赤くなった頬を冷まそうと、仰いでいた手を止めて〇に問いかける。

「〇ってさ、アロマとかハーブとかって別に興味なかったよね？」

「え？　は？　そんなことねーよ」

声が上擦っているのは狼狽えている証拠だ。あからさますぎる〇の態度に、胡乱な目をする。

「な、なんだよ」

荒っぽい言い方だが、その声は弱々しい。蛍夏は気配のする方を睨んだ。

「撮影旅行って、一人旅だったんだよねぇ？」

疑いの眼差しを向ければ、焦ったような声が脳内に響いた。

「ばっか！　あったり前だろ！」

本気の叫びに浮気の可能性はゼロだと分かる。だったら何故、撮影の合間にここに寄ったのか。

お昼休憩やトイレ休憩なら道の駅で十分だし、なんならコンビニの方が手っ取り早い。

わざわざ立ち寄った理由が何なのか、はっきりさせたいところだ。

Oがいるであろう場所をジトリと睨む。互いに無言のまま攻防戦を繰り広げる。ショップ内でお土産を探しているフリをしながら、「さぁて。どうだか」と小さくボヤく。

すると、手にとったルームスプレーのテスターが視えない手に取りあげられた。

「ちょっと！」

ここで大声を出したら変な目で見られる。蛍夏は小さな声で抗議し、慌ててテスターを奪い返した。

「どこで誰が見てるか分からないんだから、気をつけてって言ってるでしょ？」

文句を言えば、手の中にあるテスターが別のものを交換された。

「だーかーらー……」

額に手をやると、Oのぶっきらぼうな言葉が被せられた。

「その香りよりも、こっちの方が合うぞ……」

「え？」

照れたような呟きに、目を瞬かせた。新たにOから手渡されたテスターの匂いを嗅ぐ。

爽やかでいながらも、ほんのり甘い。

他のテスターと香りを比べる。一つ一つ確認していくうちに、蛍夏はOが先ほど言った言葉を思い出した。

〝甘くていい匂いをさせている〟

このテスターの香りは、Oが感じていた蛍夏の匂いとバランスがとれる香りなのではと気がついた。

「もしかして、ここに来た理由って……」

まさかと思い、顔をあげる。もちろん、Oの顔は視えない。棚に陳列された透明のボトル瓶に、辛うじて人であったと分かるものが反射する。歪んだソレは、細すぎる指先でこめかみらしき部分を掻いていた。

その仕草だけで分かる。

カメラ馬鹿な彼が、撮影旅行の最中でも蛍夏のことを考えてくれていたのだ。

撮影に夢中になると、他のことなど見えなくなってしまう彼がだ。

思いがけないところで、Oの愛情を知った蛍夏は歓喜に震えた。ブワリと体の奥から熱があがる。頬を真っ赤にさせてOが選んだテスターを握りしめた。

「私のためにここに寄ったんだ……」

嬉しさがこみあげる。瞳を潤ませつつ「私のために」を強調すれば、Oが照れたように笑った。

「まだ渡せてないけどな」

「まだってことは、いつかはくれるんでしょ？」

「……ああ。もうすぐ渡せるよ」

Oの返事に少しの間があったことも、その内容に引っ掛かる言葉が含まれていることも、浮かれていた蛍夏は気が付かなかった。

3

あれからほどなくして賀茂が撮影から戻って来た。時刻は十三時を回ろうかというところ。急いで次の目的地へと移動する。

Oの案内で向かうのは、奥三河蒸留所から車で十五分程度の場所にある乳岩峡だ。山道を歩くので、蛍夏も賀茂も運動靴にデニム、そしてOから言われて軍手も持って来ていた。

十台程度ほどの駐車場は休日だと混んでいるらしいが、今日は平日なので三台しか停まっていなかった。

「ここが愛知の屋久島と言われる場所ですか……」

「え？　そんな風に言われてるんですか？」

「はい。もののけ姫の舞台になったともいわれている白谷雲水峡《しらたにうんすいきょう》にも負けず劣らずといった、苔むす森があるとか……ですよね？」

賀茂が誰もいない場所に向かって同意を求める。もちろん、そこからOの返事が返ってくる。

「ああ。山から湧き出る乳岩川のせせらぎに、乱立する奇岩。滝壺の神秘なエメラルドグリーンの輝きはまさに秘境って感じだな」

「へぇ……それは楽しみですね」

賀茂が目を爛々《らんらん》とさせる。すぐにでも出発したいという感じでうずうずしだす。

しかし、蛍夏は浮かない顔をしている。

「どうした？」

Oが尋ねると、蛍夏は「うーん」と唸る。

「軍手着用に運動靴。それに秘境っていうことは、ハイキングコースって言っても結構ハードなんじゃないの？」

蛍夏は案内看板を指さした。ハイキングコースは、駐車場から乳岩までが片道二十五分。乳岩や通天洞の周りを一周するのに約三十分と書いてある。さくっと周るだけなら一時間半程度のようだ。

しかし、Oの話からすると、もっと過酷な道のように感じられた。

「あー……この案内看板は、本当に歩き詰めで行って帰ってくるだけの時間だからアテにならないよ」

「やっぱり……」

蛍夏の顔が更に曇る。運動は別に嫌いではない。けれど、どちらかというと球技や短距離が得意な蛍夏としては、長距離&単調な運動が好きではない。がっくりと項垂れる蛍夏の背中を励ますようにOが叩いた。

「まあまあ。マイナスイオンが半端ないし、景色もきれいだしさ」

「でも、歩くのしんどそうじゃん」

「そりゃあ、山道だから足場は悪いし、急な傾斜も多いから多少は覚悟した方がいい。でも、一気に歩くわけじゃなくて、絶景ポイントや気になった場所をカメラに収めながら進むんだ。そんなに辛くは感じないと思うぞ」

コンコンッという軽い音と同時に、肩にかけたカメラが振動する。Oが指先でカメラを突いたようだ。

「Oもここで写真を撮ったんだよね？」

「ああ。すんげぇいい写真が撮れてる筈なんだよな」

「また無茶なことしたんじゃないでしょうね？」

「あはははは っ」

笑って誤魔化されたあとで、もう小言を言っても仕方がない状況であったことを思い出す。

その時ふと、O《本体》がいる場所から見える景色のことが頭を過った。

（水面ギリギリの柔らかい鏡に反射するような空に揺れる水面……しかも、この場所は足場が悪い。もしかして——）

蛍夏はまさかという思いで口元に手をあてた。わなわなと唇が震える。歯がカタカタと鳴りだした。

「K、どうした？」

「水嶋さん、大丈夫ですか？」

いきなり黙り込んだかと思えば、震えだした蛍夏を見て、二人がギョッとする。視えない手が蛍夏の両肩に触れた。

すぐ傍では賀茂が心配そうな顔をして、こちらを窺っている。

蛍夏はゴクリと生唾を飲み込んで、震える瞳で真正面にいるであろうOに向かって口を開いた。

「まさかとは思うけど……O……ここで事故にあったとか？」

掴まれている肩にギュッと力が籠る。鈍い痛みに顔を顰める。いまだ肩から離されない見えない手から、振動が伝わってきた。

「O？」

蛍夏の指摘によって、死の恐怖を思い出したのだろう。Oが震えているのが分かる。気遣うように呼び掛けると、次の瞬間、爆笑が響いた。

「あはははははっ」

「ええっ!?」

Oの豹変に蛍夏は口をあんぐりとあけた。賀茂が「あちゃー」といった顔をして、片手で顔を覆っている。

二人の態度からして、蛍夏の勘違いだったことが分かった。

「ばっか！　こんなところで死んでたら、とっくの昔に通報されてるって！」

「そ、そんなの分かんないじゃん。コースから外れた場所で滑落するっていうパターンもあるでしょ？」

「まあ、それはそうなんだけど。でも、駐車場に俺のバイクねーだろ？」

「あ……」

言われてみればその通りだ。ここまでは車やバイクがなければ来れない。蛍夏は自分の早とちりに少しだけ凹むと、Oがわしゃわしゃっと頭を乱暴に撫でた。

「ちゃんとKには教えてやっから。今はとりあえず楽しもうぜ！」

シシシッと悪戯っ子のように笑うOの冷たい手に手を引かれ、駐車場の奥へと導かれる。乳岩峡と大きく書かれた看板の横に、細い道が続いていた。

ここが入口のようだ。

「あ、ちゃんと飲料水買ってけよ」

引率者のようにOが指示する。すぐに賀茂が得意顔でペットボトルを二つ取り出した。

「ちゃんと用意してますよ」

「おお。流石だな」

「ふふふ。褒めてくれていいんですよ」

「いや、お前の場合は通常装備だろ」

「ちゃんと水嶋さんの分まで準備したんですから、そこは素直に褒めるところでしょう」

二人のやり取りを聞き、賀茂が自分の分まで水を用意してくれていたことに気が付いた蛍夏は、慌てて頭を下げた。

「あ、賀茂さん。私の分までありがとうございます」

お礼を言えば、人の好さそうな笑顔が返ってくる。

「いえいえ。水嶋さんはいい人ですねぇ」

「当たり前だろ。俺の彼女なんだからな」

「え。館山くんの彼女だからいい子とは限らないですよね?」

「ああん?」

水と油といった感じの○と賀茂のやり取りだが、その実、ただのじゃれ合いだ。毎度、コントのような二人の会話にツッコむ気も失せる。

蛍夏は「二人とも楽しそうで何より」と言って、さっさと看板脇の細い道を歩きだす。

歩きはじめてすぐに綺麗な沢が見えてきた。透き通った水の中には魚が泳いでいる。もうこの時点で日ごろのストレスが吹っ飛ぶような気がした。

「本当に綺麗なところですねぇ……」

緩やかな傾斜なので、歩くのも苦ではない。日差しは暑いものの、水が冷たいせいか、それと森林や川のマイナスイオン効果のおかげか、空気が凛として心地よい。

気分よく歩みを進めていくと、徐々に山道へと変わっていく。

鉄でできた足場があるので、比較的に歩きやすい。ところどころ、きちんと看板も出ている。

これなら道に迷う心配もないだろう。

「これなら楽勝かも」

思っていたよりも、きちんと整備されているので安心していると、Oがニシシと笑った。

「残念なお知らせですが、後半戦。ヤバいっすよ。Kさん」

耳元で囁かれた言葉に、頬がひきつる。

「嘘でしょ？」

「マジです」

「そんなに？」

「難所に次ぐ難所からの絶景です」

「ぐはぁっ」

容赦ないOの言葉からして、相当険しい道が予想される。

「もうそれ、ハイキングちゃう。登山や。登山家が挑戦する場所や」

ショックのあまり、エセ関西弁で不満を漏らす。背後では賀茂がクスクスと笑う。

「大丈夫ですよ。危ない場所では僕が後ろにいますから」

「ってことは、いざという時は受け止めてくれる？」

「いいえ。ちゃんと落ちた所を確認して救助を呼びます」

「軟弱かっ！」

軽口を言いながらも、先へ先へと進む。その間も、気になった場所ではカメラを向け、気の向くままに撮影と景観を楽しんだ。


沢に沿って続く山道は、だんだんと鉄でできた足場がなくなり、いつの間にか、木の根っこや大きな岩が目立ってきた。

ここまでくると、山登りをしていると言っても過言ではない。傾斜もどんどん急になり、歩幅も一定では進めないので、リズムが狂う。

そうなると、体力の消耗も激しくなる。息が荒くなり、周囲の景色を見る余裕がなくなっていく。

息があがり、言葉数が少なくなったことに気が付いたOが、二人に声をかけた。

「二人とも、あと少し頑張れ。もうすぐひらけた所に出るし、そこを過ぎれば、休憩スポットもあるぞ」

「あと少しってどのくらい？」

「このペースなら五分くらいだな」

五分と聞いて、蛍夏も賀茂も気合いが入る。足に力を入れて、前へ前へと進めば、少し先に橋が見えた。

「もしかして、あそこ？」

「ああ」

目標となるものが見えると、俄然やる気がでる。距離感も分かるので、「あと少しだ！」と気力が沸く。

歩くスピードが増し、ひらけた場所にでた。

「うわぁ……」

美しい川に架けられた古くて大きな橋が目の前に現れた。深い緑に青い空の爽やかさと、年代を感じさせる趣深い橋とのアンバランスな美しさに思わず見惚れる。

心地よい風が吹く。葉擦れが鼓膜を震わせた時、自然とカメラに手が触れる。心の赴くままにシャッターを切る。

ファインダーで切り取られた世界に夢中になる。

川のせせらぎも、鳥の囀《さえず》りすらも聞こえない。無音の世界でただひたすらに、自分が見ている景色を切り取っていく。

それは、ただ目で見ているものだけではない。心で感じとったものまでもをフィルムだけでなく、目や脳に、記憶に焼き付けていった。

「K、そろそろいい？」

不意に肩を叩かれる。聞きなれた声に弾かれるようにファインダーから目を離す。小さな四角の世界から、一気に現実世界へと意識が引き戻された。

「あ、うん」

物足りなさから、声に力が入らない。賀茂もまた同じ気持ちなのだろう。名残惜しそうにカメラを首にかけていた。

「本当はもっと時間あげたいところだけど、あんまゆっくりしてると、日が暮れるから」

いくらルートがしっかり確保されているとはいえ、薄暗い山道は危険が伴う。夜になればなおさらだ。

「橋を越えたあたりからキツくなるから、水分補給はしっかりな」

Oの指示に従い、水を飲む。少し進んだところにある休憩スポットはそのまま通り過ぎる。すると、「乳岩一巡二十分」という看板が立てかけられてあった。

「ここから二十分で一巡できるんなら、写真撮りながらでも一時間くらいで回れそう！」

「そうですね」

親切な看板のお陰で、楽勝ムードになる。そんな空気をぶち壊したのはOだった。

「そう思っていると、ばっちり裏切られるから期待しといて」

この中で唯一の体験者がシシシッと笑う。楽しげな様子からして、これは冗談なんかではないだろう。

蛍夏は賀茂と顔を見合わせ、がっくりと肩を落とした。

「うわぁ……まじかぁー」

「でも、案内板によくありますよね。徒歩五分とか書いてあるのに、実際には十分以上かかるっていうことって」

「ってことは、倍は見ておいた方がよさそうだねぇ」

「そうですねぇ……」

二人でげんなりとする。流石に気落ちさせたままではいけないと思ったのだろう。やる気スイッチを押すように、Oが口を開いた。

「道がキツくなる分だけ、すんげぇ景色とアトラクションが待ってるからさ。そっちも期待しとけ！」

ここまで来る間の風景でさえも、感動ものだった。それ以上の景色が見れるのであれば、頑張るしかない。

蛍夏は気合を入れ直した。賀茂もまた、Oの言葉に触発されたようだ。目の奥に強い光が宿っていた。

(さすがはカメラ狂い。いい写真を撮るためならどこまでも行く気満々だ)

賀茂が颯爽と歩きだす。その後ろ姿がOと重なって見える。蛍夏は眩しさを感じて、目を細めた。

看板から進むと、右手に巨大な岩が見えてきた。断崖絶壁かと見紛《みまご》うほどの大迫力だ。あんぐりと口を開けて見あげていると、とんでもない言葉が耳に入ってきた。

「この岩をこれから登るんだ」

「は？」

間抜けな声が漏れる。賀茂もまた、「嘘でしょ？」と目を真ん丸にした。

「嘘じゃない。もうすぐ岩と岩の間に天界へと続く階段が見えてくるから」

「ちょっと待って！　天界って、やっぱ0、ここで死んでるんじゃ――」

「ここでは死んでません」

ピシャリと否定されると、そのまま背中を押された。

「まあまあ。百聞は一見に如かずだ。この先に感動のスペクタルが待ってるんだ。早く行こうぜ！」

0に急かされ、足を動かす。ほどなくして、バカでかい岩と岩との間に鉄製の階段が見えてきた。

「あ、なんだ。ちゃんと階段があるんだね」

ほっとしたのも束の間。上っていくうちに、途中からどんどん幅が狭くなっていく。

しかも、傾斜も急になっていき、終いには梯子《はしご》へと切り替わる。

「き、聞いてませんよ……これじゃあ、写真を撮る余裕なんてないじゃないですか」

男性である賀茂から泣きが入る。それもその筈。岩登りのアトラクションは、狭い、高い、怖いの嫌な三拍子が揃っている。滑って落ちたら大怪我どころか死ぬかもしれないのだ。

恐る恐る下を見れば、お尻の穴がキュッと絞まった。口には出さないが、蛍夏も物理的恐怖でいっぱいいっぱいだ。

「目線は下げずに、そのまま振り返ってごらん」

Oの囁きに、蛍夏は小さく首を横に振る。

「大丈夫。しっかり梯子を掴んでいれば、絶対に落ちないから」

「大丈夫」「安心だ」と言い聞かせられ、蛍夏は覚悟を決めて振り返った。

「わぁっ！」

岩と岩との間から、青々と茂った森が目に飛び込んでくる。大パノラマに胸が躍った。

「すごい。すごいね！　本当に凄いよ！」

興奮して「凄い」しか言えなくなる。感動して語彙力のなくなった蛍夏に、Oが満足そうに鼻を鳴らした。

「だろ？　このあと、もっともっとすげぇから。頑張って登れ」

「うん！」

必死で手足を動かし、超ド急な岩場を登りきる。

そこから更に進むと、真ん中にぽっかりと穴があいたとてつもなく大きな岩が現れた。

「す、すごい……」

「これは……」

真ん中の穴から見える森の碧さと、ごつごつとした猛々しい岩との絶妙なバランスが織りなす絶景に、二人は言葉を失った。

写真命の賀茂ですら、カメラを構えるのを忘れ、しばしの間呆然と立ち尽くす。

「これが通天門だ。まさに、天界に通じる門みたいだろ？」

得意げな〇の言葉にコクコクと頷くことしかできない。滴り落ちる汗すら気にならず、木々の合間を縫って走り抜ける風の心地よさにしばし酔う。

表情が抜けきったまま、賀茂が徐にカメラを構えた。その目は真剣そのものだ。

しかし、いつまでたってもシャッターを切る音がしない。不思議に思い、彼の指先を見れば、微かに震えていた。

「賀茂さん？」

驚かせない程度の声で声をかける。ピクリと体が揺れた。ファインダーから目を離したものの、その視線は変わらず通天門から外れない。

そのまま真っ直ぐ岩を見つめたまま、賀茂が悔しそうに唸った。

「ああ……視界に入るすべてのものをフィルムにおさめたいのに……ファインダーにおさまらないんですよ。しまったなぁ。こんなことなら色々機材、持ってくるんだった」

「いやいやいや。荷物が多すぎたらここまで辿り着けませんよ」

岩登りを思い出し、蛍夏がツッコミをいれる。

「つか、構図や陰影に拘るのがお前だろ？　なにも全部をおさめなくったっていいじゃねーか」

Ｏの言葉に賀茂が顔をあげる。

「ほら見てみ。岩の間に明神山がはっきり見えるだろ。ある意味、岩がファインダーの役割してると思わねぇ？」

岩の影と緑とのコントラストに、再び絶句する。賀茂はジッとその景観を眺めたあと、笑顔を見せた。

「確かに。予想だにしないことを楽しむのも、また一興です。すべてが完全である理由もありませんね」

目前に広がる景色をうっとりと見つめると、急に顔を引き締めた。

「よし。じゃあ、撮りますか」

賀茂が自分自身に気合いを入れるかのように宣言する。カメラを構え、色々な角度から写真を撮りだした。

Ｏと賀茂の会話に蛍夏はしばしの間、呆然とする。

何をしても中途半端で、何かひとつを極めることも、夢中になれるものもない空っぽな蛍夏の胸に、彼らの言葉が刻み込まれる。

まるで、不完全で足りない自分が認められたようで、じわりと温かいものが体の奥底から溢れだす。

蛍夏も賀茂に倣い、しばらくの間、撮影を楽しんだ。

満足するまでシャッターを切ったあと、最終目的地である乳岩へと急ぐ。

通天門はハイキングコースのてっぺんだったらしく、ここからは下り。鉄の階段を下りるので、登りよりは怖くはない。

しばらく歩くと分かれ道があり、大きな岩の割れ目に向かって作られた階段を上っていく。

この階段はところどころ朽ちていて、足元が危ない。気を付けながら上ると、ドーム状の岩部屋に辿り着いた。

「観音様がいる」

横一列に並んだ石造の観音様は圧巻。神聖な空気が流れる独特の神秘的な雰囲気にのまれそうになる。

無意識に手を合わせると、Oの声が響いた。

「上を見てみな」

声に促されて、仰ぎ見る。天井には鍾乳石ができていた。

「ここの岩は凝灰岩《ぎょうかいがん》なんだけど、その中に含まれている石灰分が溶け出して乳房状の鍾乳石を生み出しているんだ」

「だから乳岩って呼ばれてるんだ」

「そういうこと。ちなみに、乳岩だから観音様も子宝観音って言われてて、安産祈願に訪れる人が多いよ」

乳岩という名から双丘の岩を連想していたが、その上手《うわて》をいく自然の生み出した見事な造形に蛍夏は魅入った。

「来てよかっただろ？」

「うん」

Oの言葉に素直に頷く。出だしは山道を舐めていた。途中、あまりにも過酷な道に泣きたくなった。それでもあきらめずに前へと進めば、心が震えるほどの感動が待っていた。

ある意味、これは人生の疑似体験なのかもしれない。

これから先、色々なことがあるだろう。辛くて諦めたくなることもあるだろう。

けれど、そこで踏ん張った先にはきっと希望がある。

もしかしたら、まだ見ぬ世界が待っているかもしれない。

たった数時間の経験ではあるが、蛍夏の意識に強い印象を残した。この時の高揚感をきっと一生忘れることはないだろう。

（生きている限り、何事にも挑戦《チャレンジ》しよう）

蛍夏はグッと拳に力をいれた。

その様子を見て、Oが静かな微笑みを浮かべたまま、安心するように息を吐いたことを蛍夏が知ることはなかった。

七日目

1

ハイキングという名の軽い登山を終えて帰宅した蛍夏は、泥のように眠った。

お陰で夢すら見ていない。むしろ、瞼を閉じた瞬間から記憶がない。

例えるなら、舞台で言う幕間《まくあい》といった感じだ。

一瞬だけ真っ暗な闇に包まれたかと思えば、次の瞬間には朝だったと言っても過言ではない。

心身共に充実した一日ではあったが、普段、運動をしていない蛍夏にとっては、それほどまでに肉体的に疲れていたということだ。

スマホのアラーム音で目を覚ました蛍夏は、あっという間に夜が明けたことに驚いた。

アラームを消そうと手を伸ばそうとしたところで、全身に痛みが襲う。

「いたたたたっ」

日頃の運動不足が祟り、体中が筋肉痛だ。少し動かすだけでも痛い。

「二日や三日後に筋肉痛にならないだけマシか」

若さゆえにすぐに筋肉痛になるのだと、自分自身に言い訳をする。

ベッドから起きあがるものの、鈍い痛みに顔を顰めた。

「無理にでも動かさないと、逆にあとから辛いんだよねぇ……」

痛む腰をさすりながら、立ちあがる。シンッと静まり返った室内に蛍夏は呼びかけた。

「O、おはよう」

霊体になってからは、Oには睡眠欲求がない。姿が視えなくても、呼びかければすぐに傍に来ることができると言っていた。けれど、今日に限って返事がない。

「ここにいないの？　いるなら返事して」

もう一度呼びかけるが、まったく反応はない。

「賀茂さんと今日行く場所の打ち合わせでもしてるのかな」

Oが死んだと言って蛍夏のもとに現れてから、今日でちょうど一週間だ。

「残された時間は一週間から十日って言ってたけど……もうそろそろってことだよね」

スマホのカレンダーを見て、小さく漏らす。

はじめは生霊だと思っていたOが、実際に死んでいると理解したのは、ここ数日のことである。人の死を理解するのと、受け入れるのとではまったく意味が違う。

最初は信じられなくて、困惑した。死んだ本人があまりにもいつも通りで、悲しむタイミングも失った。

ただ、日に日に崩れ落ちていく彼の容貌に、もう元には戻れないことを悟ったのがつい先日のことだ。

表面には出さなかったものの、内心では絶望した。

けれど、粉々に砕け散った希望の欠片は、霊体のOと過ごす中で、徐々に膨らんでいった。

少しずつ、Oが見てきたもの、感じたものが見えてきた。更に言えば、ずっと不安だったOの気持ちがきちんと蛍夏にあることも知ることもできた。

一日、一日が過ぎるたび、Oとの思い出が増えるが、それ以上に、心が強くなっていく気がする。

以前は、なんの趣味もなんの情熱も持たない薄っぺらい自分とOとを比べて、卑下していた。なんなら、自分にないものをOに求め、Oに依存していた。

けれど、それでは駄目なのだ。

(完全でなくとも、足りないものがあっても、私は私だ。ぽっかり空いた穴も、足りない部分も、自分で満たすべきだし、それでも足りなければ、悩み、足掻き、少しずつ満たしていけばいい)

今朝の目覚めは、満身創痍で体は痛むが、心は充実し、気力が湧きあがってくる。なんでも経験し、新しい世界を見ることで自分の本当にやりたいことを見つけたいと前向きな気持ちが溢れ出す。

Oを通して見ていた世界から、今度は蛍夏自身が見て、体験する未知の世界を切望する。

そんな気持ちの変化に「私って、薄情なのかな」と戸惑いつつも、どこかスッキリとした気持ちにもなっていた。

「さてと。いつでも出かけられるよう支度しとこ」

軋む体を叱咤して、ベッドから足を下ろす。ゆっくりと腰をあげた時、床に何かが落ちる音がした。

音がした方へと振り返る。本棚から一冊のアルバムが落ちていた。近づいて見ると、それは幼い頃の写真がまとめられたものだった。

差し込み式だったせいか、落ちた衝撃で数枚の写真が床に散らばっている。

「ずっと触れてもいないのに、なんで落ちたんだろ」

不思議に思いつつも、散らばった写真の中から一枚拾いあげた。そこには、幼い蛍夏とOが手を繋いで微笑んでいた。

「これ、まだ小学校にあがる前だよね」

小学校にあがってからは、揶揄われるのが嫌で、わざとOにそっけないフリをしていた。けれど、それまでは兄妹のように仲が良かったことを思い出した。

杉林に囲まれた原っぱで、レジャーシートに座る幼い二人。物心ついた時から、近所は住宅街だったので、写っている場所がこの辺ではないことは一目瞭然だ。

「これ、どこで撮ったんだろ？」

遠足であれば、他の園児も写っているはずだ。二人だけということは、互いの親に連れられて遊びに出かけた先だろう。

他の写真も拾いあげようと、床に視線を戻す。すると、裏返っている写真には、幼い文字が書かれていた。

「なんだろ？」

拾いあげて読んでみる。

「ふわふわと　かぜにのってとぶちょうちょ　わたしもじゆうに　とびたいな」

平仮名だけで書かれた文章は、詩のようだ。裏返すと、蛍夏が０と一緒に蝶々を追いかけている写真だった。

「これって……」

他の写真も裏側を見る。そのどれにも歪んだ子供の字で詩のようなものが書かれてあった。

「こっちは『よるのおうさま　まんまるふとっちょにかがやいて　ちいさなけらいをつれている』……こっちは『ふたりのあいだにできた　ちいさなにじは　いつかおおきくなるのかな』……」

片方はお月見をしている時のもので、もう一つは庭で０と一緒にビニールプールで遊んでいる時のものだった。

「この字って……私の字だよね？」

もちろん、今の筆跡とはまったく違う。しかし、このやけにカクカクとした右あがりの字には書きおぼえがあった。

「そう言えば……小さい頃は絵本が大好きで、いろんなことを妄想したり想像するのが好きだったなぁ」

子供の頃、詩や絵本を自分でかき、得意満面で披露していた。今見れば、きっと絵なんかはグシャグシャで何が描かれているのか分からないだろう。そんな稚拙な作品でも、両親や幼稚園の先生に褒められて嬉しかったことを思い出す。

「あの時は、自分も本を出したいっていう夢があったんだよねぇ……」

懐かしく思いつつも、少しだけ寂しく思う。

「なんで夢、諦めちゃったんだろ」

この時は思うがままに、絵も文章も楽しんでいたように思う。ご褒美や記念日のプレゼントには、絵の具やクレヨン、絵本や綺麗な画集をおねだりしていた記憶もある。

画用紙どころか、チラシの裏やいらない包装紙にまで、絵や文字をかいていた。書くものさえあれば、一日中だって楽しめた。

そんなにも夢中になれたものがあったのに、それを今の今まですっかり忘れていた自分自身にショックを受ける。拾った写真を一枚一枚を確認すると、複数の園児たちが写るものがあった。

「あ……」

その中に見覚えのある男の子がいた。他の子と比べて体が大きく、ふてぶてしい顔をしている。

彼はいわゆるガキ大将で、我儘な子だった。蛍夏が先生に絵を褒められているのが気に食わなかったのだろう。

ある日、いきなり描いていた絵を奪われ、小馬鹿にされたのだ。それだけなら、まだいい。

彼はあろうことか、「どへたくそな癖に、いい気になってるんじゃねーぞ」と言って、その絵をビリビリに破いたのだ。

近くにいた友達も、巻き込まれたくないのか、彼に同調した。もちろん、すぐに先生が悪ガキを叱り、それ以上大ごとにはならなかった。

今なら子供の嫉妬だと笑って無視できるレベルのことだ。けれど、当時、まだ幼かった蛍夏にとってはトラウマレベルの出来事だった。

「コイツのせいで絵を描くのやめたんだったなぁ……」

今では懐かしい思い出だが、少しだけイラッときたので写真の中の悪ガキにデコピンする。圧がかかった部分が、少しだけ曲がる。

写真が歪んだせいで、いじめっ子の顔が泣いているように見えた。

「そういや、この子。このあと大泣きしたんだっけ」

なんで泣いていたのか思い出そうとして、蛍夏はハッとした。

「そうだ。そうだった！　私が泣いているのを見たOが、床に散らばった絵の残骸を見て物凄い勢いで怒ったんだった！」

先生に言い聞かせられている男の子に向かって、Oが殴り掛かったことを思い出した。突然のことで、先生も止められず、そのまま男の子の頬に拳がめり込み、吹っ飛んだ。

不意打ちで一発グーパンチを食らった男の子が、驚きと痛さでギャン泣きしたのは幼心にも衝撃だった。

その場でOが叱られたのは言うまでもない。

「このあとからなんだよねぇ……やたらとOと私がひやかされるようになったのって……」

Oのことは好きだが、揶揄われるのは恥ずかしい。密《ひそ》かにOは女子に人気もあったので、妬みから嫌味を言われたり、嫌がらせを受けることもあった。

本能的に面倒ごとを避けようと思ったのだろう。蛍夏はOから距離を置くようになった。

一人でお絵かきすることもなくなり、女の子のグループに混ざるようになった。たまに、Oが一緒に遊ぼうと言ってくれるのを、周りの目を気にして断るようにもなった。

はじめはOも戸惑っていたが、蛍夏が避け続けていると、自然と彼の方も近づいてはこなくなったのだが——

ふと、悪ガキの横で白い歯を見せて笑っているOが目に入る。その瞬間、大事な約束を忘れているような気がした。

「なんだったっけ……」

小首を傾げて考えるが、思い出せない。そのあとすぐに、Oとの数年の疎遠期間へと突入したのだから、子供心に大事な約束であっても、実際には大した内容ではなかったのかもしれない。

「なんなら、幼馴染あるあるの〝いつかお嫁さんにしてね〟みたいなものだったのかもね」

その時、スマホにメッセージが受信されたことを知らせる音が鳴った。確認すると、携帯ショップからのお知らせだった。内容を確認するほどのものではないので、そのままスルーする。表示されている時刻を見ると、九時ちょっと前だった。

「うっわ。もうこんな時間じゃん」

十時に賀茂が迎えに来る。さっさと写真を片付けて、支度をしなくては間に合わない。写真をアルバムに整理し直すのは後回しにする。とりあえず、拾った写真をひとまとめにし、机の上にアルバムと一緒に置くことにした。

その時、一枚の写真の裏側が目に入った。他の写真に紛れていて、一部しか見えていないものの、なんとなく気になった。

気になる一枚を抜き出した蛍夏は目を疑った。

そこには他の写真同様に、幼い文字で詩のようなものが書いてある。

『たくさんのみどりのはりにかこまれて　おうじとひめは　きょうもふたりでらんらんるー』

(なんだ、この。らんらんるーって……)

ランデブーと書かれてあっても赤面ものだ。それを書いたのが自分自身だと思うと、恥ずかしさで全身が熱くなる。黒歴史ともよべる詩はさておき、蛍夏が驚いたのは空いているスペースに見慣れた字を目にしたからである。

『黄金の地を訪れる　思い出の欠片をいくつも拾い　四角に囲まれた緑のベッドに横たわる　広

い空を見あげれば　昼は青・蒼・碧・藍に包まれて　夜は漆黒のカーテンから眩い塵が降ってくる　四角錐に落ちた真っ赤なオリオン座　欠けた一つが僕の魂なのかもしれない』

美しく並べられた言葉たちは、詩というよりも暗号のように思える。それは、この文字を書いた人間がOであることから、間違いないだろう。

しかも、書かれてからまだそんなに時間が経っていないことは、幼い文字の掠れや変色具合と比較すれば一目瞭然だ。

裏返すと、その写真は最初に拾いあげたOとのツーショットだった。

「O⁉」

まさかという気持ちで声を張りあげる。

蛍夏がOの姿を視ることができないことを分かっていて、彼はこっそり部屋にいたのではないのか。

そして、自分の居場所を知らせるために、わざわざアルバムを落とし、ヒントとなるものを仕込んだのではないのか。

わざわざこんな面倒なことをいったい何故？

嫌な予感に胸がざわめく。

「もしかして……もう……？」

パジャマの胸のあたりをギュッと掴む。押し寄せる不安を堪えるため、唇をギュッと噛み締めた。

そのタイミングでスマホが鳴る。まるで警報のようにも聞こえる着信音に体が即座に反応する。

画面を見ると、賀茂の名前が表示されていた。

不安が現実になったのかと思い、蛍夏は荒々しくスマホをタップした。

「もしもしっ！」

鬼気迫る勢いで電話に出る。

受話器の向こうからも緊迫した雰囲気を感じ取り、蛍夏は体を強張らせるのだった。

2

賀茂からの電話は、やはりOに関することだった。

「そちらに館山くん、いませんよね？」

硬い声で放たれた第一声から、Oの身に何かが起きたことを悟る。

「いませんけど、いったい何があったんですかっ？」

心配のあまり、声を荒げてしまう。賀茂が悪いわけではないのに、どこか責めるような言い方をしてしまう。

恋人である蛍夏が心配するのも無理はないと思ったのだろう。賀茂は気を悪くすることなく、淡々と説明した。

話を聞くと、昨夜、Oから「明日は特別な場所に案内する」と言われたらしい。

具体的な名称は教えられず、ただ、「思い出深い場所だし、地図を見ても入口がよく分からないだろうから、俺が助手席でナビするわ」と言われていたそうだ。

地図にも載っていない未知の場所。しかも、数年後には水の底に沈む道を進むのだと言われれば、期待しないわけにはいかない。

気分が高揚して眠れないが、睡眠不足での運転はキツい。無理矢理にでも寝てしまおうと布団の中に入った。

「おやすみ」

傍にいるOに挨拶すると、何故か、妙にOの姿が薄く感じたという。具体的にどれくらい薄かったのかと問えば、霊体のOは、半透明であっても、色もしっかり視えていたのだが、その時は、まるで氷の彫刻のように透明で色がなかったらしい。

不思議に思いつつも、賀茂が視る幽霊は、そういったものの方が多いので、あまり気にせず寝ることに集中したのだが——

朝起きると、Oの気配がまったくなかったのだという。

もちろん、すぐに蛍夏の傍にいるのだろうと思ったものの、どうにも昨夜の姿が気になる。

よくよく考えてみると、〝特別な場所〟に案内すると言った時も、どこか虚ろな目をしていたような気がする。

考えれば考えるほど不安になり、賀茂はOの名前を呼んだのだという。

結果――Oからの返事はなく、姿を現すこともなかった。

そこで一気に不安が押し寄せ、蛍夏に電話したというのが、ここまでの流れだ。

「実は、Oからはじめに言われてたんです」

「何をですか?」

「タイムリミットは一週間から十日だって……」

電話口の向こうで息を呑む音がした。

「……そうですか……」

実際にOの気配すら消えた今、蛍夏にかける言葉すら見つからないのだろう。重々しい息が吐きだされる。

Oが消えたとはいえ、このままでは蛍夏の目的は達成されない。案内人不在とはいえ、Oの体を見つけることは最優先だ。

二人の間に沈黙が流れる間に、蛍夏は覚悟を決めた。

「賀茂さん」

「はいっ」

急に名前を呼んだせいか、裏返った声が返ってくる。咳払いをして、喉の調子を整えた賀茂が、再度、返事をし直した。

「はい。なんでしょうか？」

澄ました声にツッコみをいれたいところだが、時間がない。蛍夏はすぐに本題に入った。

「今日の予定は〝特別な場所〟に行くってOが言ったんですよね？」

「え？　あ、はい。間違いなく、そう言っていましたよ」

賀茂の話からして、Oは今日、最終目的地に行くつもりだったに違いない。それが、成仏が早まったのか、それとも何かしらの理由で姿を現すことができなくなった。

もしかしたら、こうなることをはじめから予想していたのかもしれない。

だからこそ、蛍夏の部屋にヒントを隠したのだと蛍夏は確信した。

（アルバムを落としたのは、Oの最期の気力《霊力》だったのかも……）

蛍夏は握りしめたままだった一枚の写真に目を落とす。

「賀茂さん。私、Oの特別な場所。分かるかもしれません」

「本当ですかっ⁉」

興奮したように大きな声を出す賀茂を蛍夏が落ち着かせる。

「まってまって。まだ、分かるかもだからね」

「かもってことは、何か思い当たることがあるんですか？」

「ええ。Oがヒントを残していったので――」

「じゃあ、今すぐにそちらに伺います！」

本当にすぐにでも押しかけてきそうな勢いに、蛍夏は慌てた。

「まってまって。まだ、私。全然準備できてないからっ！　今来られても困る！」

必死で「マテ」を連発し、予定通り十時頃に来て貰う。

「さっさと支度しなくちゃ」

電話を切ると、すぐに出かける準備をした。

＊＊＊＊＊

約束の時間ジャストに賀茂が来た。蛍夏も出かける準備は万端だ。

ただし、ヒントは手元にあってもまだ場所は特定できていないので、すぐに出発というわけにはいかない。

ある程度の場所を特定するためにも、賀茂にも写真と詩《暗号》を見てもらう必要がある。

付き合ってもいない異性を自室にあげるのは憚《はばか》られるので、リビングに案内することにした。

「こんにちは。おじゃまします」

パートが休みで家にいた母に、賀茂が笑顔で挨拶をする。

「あら、こんにちは。今日もまた央理くん探し？」

「はい。そのつもりなんですが、このまま館山くんが行きそうな場所をしらみつぶしに探しても、時間の無駄かなと思いまして」

「それもそうよねぇ。ある程度、行き先は絞った方がいいとは思うけど、央理くんって、好奇心旺盛でしょ？　行き当たりばったりなところもあるし、無駄に探すよりも、帰ってくるのを待った方が早いような気もするけど……」

　Oの母親同様に、蛍夏の母もまた、Oが自らの足で帰ってくることを信じて疑っていないようだ。

「でも、展示会の片づけとか、諸々の後始末なんかも残っているので、なるべく早く館山くんと連絡が取りたいんですよ」

「ああ！　そうだったわね。受付担当の日もサボったっていう話をこの間聞いたんだった。でも、いまだに連絡が取れないって……あの子のことだもの。撮影に夢中になっている間は、スマホを落とそうが壊れようが、気にしなさそうだものねぇ」

　困ったように眉をさげる母が、「それで、央理くんがいそうな場所の検討はついてるの？」と、首を傾げた。

「それなんですが、館山くんが撮影旅行に出発する前に、行き先を聞いたんです。でも、特別な場所としか教えてもらえなくて……」

弱々しい声をだし、賀茂が目を伏せる。その儚げな雰囲気は庇護欲を掻き立てられ、母性本能をくすぐるのだろう。

賀茂の対面に座っていた母が、急に彼の隣へと移動した。

「賀茂くんったら、本当にいい子！　おばさんも協力するわ！」

抱きつかんばかりの勢いで、両手で賀茂の手を握りしめる。母の顔と賀茂の顔との距離が物凄く距離が近い。なんなら、あと数センチで唇同士がぶつかるんじゃないかというぐらい近い。これではある意味セクハラだ。

娘である蛍夏ですらギョッとするのだ。赤の他人。しかも、まだ会うのはこれで二回目だという賀茂にとっては、恐怖すら感じてもおかしくはない。

だが、そこは外面《そとづら》のいいマダムキラー。まったく動じる様子はない。

とはいえ、賀茂を救出するのは蛍夏の役目である。

二人の会話を傍で聞いていた蛍夏は、トントンッと軽くテーブルを叩く。

音をたてた指先に注目が集まる。そこには一枚の写真が置かれていた。

「あら、懐かしいわね」

母の興味が写真へと移る。賀茂から離れると、写真を手に取った。

「この頃はよく館山さんちと一緒にＢＢＱやドライブに行ったのよねぇ」

当時のことを思い浮かべているのだろう。母が懐かしそうに目を細めた。

「で、わざわざアルバムから抜き出してきて、この写真がどうかしたの？」

電話で話した特別な場所のヒントが、この写真なのだと察したのだろう。母の隣では賀茂が写真を覗き込んでいる。

一生懸命ヒントを探しているようだが、表側だけ見れば、幼い男女の微笑ましいツーショットにしか見えないだろう。

さっさと答えを知るために、蛍夏はもったいぶらずに切り出した。

「賀茂さんからOの行き先は『特別な場所』って聞いた時、以前、Oがこの写真を見て『ここは黄金の地なんだぜ？　すごくね？』って言ってたのを思い出してさ。確か、その後、『ここは俺にとって特別な場所なんだ』って呟いてたんだ」

もちろんこれは出まかせだ。Oが既に死んでいて、霊となって今まで傍にいましたなんてことは言えるわけがない。しかも、自分の遺体のありかを示すヒントをわざわざ本人《霊》が用意しましたなんて、口が裂けても言えない。

いつまで経っても連絡をよこさないOに痺れを切らした恋人と友人が、『Oが撮影に夢中になっている場所』に『Oを迎えに行く』というていで、O探しを進めなくてはいけないのだ。

口から滑らかに吐き出された嘘に、母は思い当たることがあったのだろう。

不信感を抱くどころか、納得したように頷いた。

「なるほどね。確かに、央理くんにとっては特別な場所かもねぇ」

含みを持たせた言い方をした母は、ニヤニヤとした笑みを貼りつけている。

「え……なに？　Oにとっての特別な場所って、お母さんは知ってるの？」

母の冷やかすような笑みに自然と眉間に皺が寄る。若干引き攣りながらも、理由を訊ねると、母は意外だというように目をぱちくりさせた。

「あらやだ。肝心のあんたが大事なこと忘れてるわけ？」

まったく身に覚えのない蛍夏は肩を竦めて見せた。可哀そうな子でも見るかのような目で見られる。「これじゃあ央理くんも報われないわよねぇ」と一つ溜息を吐いた後で、続けた。

「あんたたち二人、ここで誓い合ってたじゃない」

ケラケラと快活に笑う母は、ここで親同士が微笑ましく見守っている中、幼い二人が可愛らしいプロポーズをしているのを目にしたという。

まだ知り合って間もない賀茂の前で、子供時代のおままごとのような恋を語られるのは、羞恥プレイの何ものでもない。

恥ずかしさから顔が赤くなる。これ以上はいたたまれない。暴露話を止めようと蛍夏が口を開きかけた時、急に母が真面目な顔をした。

「それに、この時からだったんじゃないかしら」

蛍夏が「何が？」と答える前に母が続ける。

「あんたがぎこちない字でポエムを書きはじめたのは、よ」

それまでは楽しそうに絵を描くだけだったのだが、いつの間にか詩や短い物語のようなものを作るようになったのだそうだ。

「央理くんもね。この日からカメラに興味を持ちはじめたのよねぇ……」

母曰く、それからは家庭用の小さなデジカメで、Oはいろんなものを撮りはじめたのだという。思っていたよりも早い時期からOがカメラに触れていたことを知り、蛍夏は目を真ん丸にさせた。

それに、自分の記憶にも色々と誤差があるようだ。そこに大事なことが眠っているような気がする。

当時のことを思い出そうとしても、記憶が曖昧だ。思い出したくても思い出せないジレンマで蛍夏は無意識に親指の爪を噛んでいた。

「まあ、幼稚園の時のことだもん。忘れてても仕方がないわよねぇ……そのあと、オマセなあんたは、変に意識して央理くんから距離を置いちゃったし」

再び、子供の恋愛話に首を突っ込もうとする母に、これ以上揶揄われるのは嫌だと思い話題を変えた。

「もう思い出話はいいから！　時間がないから結論だけ教えて欲しいんだけど、この場所ってどこなの？」

写真を指さし、捲し立てる。母が「ああ！」と声をあげた。

「蛍夏は央理くんが、ここにいるかもしれないって思ってるのよね?」

母の言葉に頷く。

「特別な場所に行くって言ってたのなら、そうかもしれないわ。ここは私有地だから、知っている人といえば、所有者の家族ぐらいだもん。探しきれなくて当たり前だわ」

「私有地?」

思いもよらない言葉が出てきて、蛍夏と賀茂は同時に訊き返した。二人のハモりに、クスクス笑いながら、母が答える。

「そうよ。この場所は館山さんちの所有地でね。津具《つぐ》の金山《きんざん》っていうの。たしか、央理くんの曾祖父さんの時代は、金鉱もあったらしいわよ」

「き、金鉱!?」

蛍夏と賀茂は再びハモりをみせた。今の日本で金山といえば、観光地となっている佐渡金山や土肥金山くらいしか思い浮かばない。津具に金山なんて想像もつかないし、写真を見る限りは、森林が生い茂る単なる山の中だ。

ぽかんとする蛍夏に、母が呆れたような顔をした。

「まさか地元なのに津具金山知らないの?」

驚かれれば肯定しにくい。けれど、無知だと言われようと、知らないものは知らない。ちらりと賀茂を見れば、彼もまた知らない様子だった。

蛍夏は素直に頷いた。

「うん。全然知らない」

「嘘でしょう⁉　武田信玄が、ここで砂金採取をはじめたあと、坑道を作って金を採掘して甲州二十四万両をつくったっていう有名な話を知らないの？」

「え？　武田信玄って、こんなところまで来てたの？」

「当たり前じゃない。長篠の戦いは誰と誰が戦ったと思ってるのよ」

「えっと……織田信長と徳川家康連合軍対武田軍だっけ？」

「そうよ。その時は武田信玄じゃなくて勝頼だったけどね。でも、金山の方は信玄よ。だから、津具の金山は信玄坑《しんげんこう》とも呼ばれているの」

意外と物知りな母に、蛍夏は感心した。

「へぇ……じゃあ、館山家は武田家に縁があるの？」

「違うみたいよ。津具の金山って言っても、信玄坑とは別の場所で採掘してたみたいだから」

「ってことは、津具の金山で検索しても、この写真の場所には行けないってこと？」

「なんで館山さんちの私有地なのに、わざわざ検索して行くのよ」

その一言にハッとなる。考えてみればそうだ。場所が分かれば調べて行けばいいと思っていたが、知っている人に聞いて行けばいいだけのことだった。

それに、今朝、賀茂から聞いた話でも、地図で分かりにくい場所だから0がナビをする予定だったのだ。

こんなことすらも頭が回らないということは、Oが消えたということで思っていた以上に冷静さを欠いていたようだ。

蛍夏は賀茂に目配せする。彼もまた、冷静なようでそうではなかったらしく、目と目が合うと苦笑した。

「ま、でも。央理くんが見つかりそうだし、良かったわ」

何も知らない母の、安心したような笑顔に胸が締め付けられそうになる。

けれど、今はまだ泣くときではない。こみあげてくるものを我慢しつつ、蛍夏は笑顔で頷いたのだった。

3

あれからすぐに、母がOの母親に電話をかけてくれた。あいにく出先のようで、家にはいないという。

事情を軽く説明し、メッセージで地図と住所を送ってもらう。すぐに母から転送してもらい、確認する。

「館山さんが言うには、この辺、けっこう細い道らしいから。気が付かずに通り過ぎちゃうと、迷うらしいから気をつけてね」

目的地周辺を指さす母に礼を言うと、すぐに家を出た。

途中までは昨日と同じルートなので、昨日と同じく『もっくる』でお昼休憩をする。

今日も変わらずデカ甘グルメを堪能した賀茂はご機嫌だ。

「ここから257号線に入ればいいんですよね」

もっくるを出て、ほどなくすると、151号線と257号線との分かれ道がある。昨日は右手に曲がったところを、今日は左手へと向かう。

どんどん山の中へと進んでいく。民家も少なくなっていき、急カーブが増えていく。三十分ほど車を走らせると、あちこちに工事現場らしきものも見えてきた。

「設楽《したら》ダム関連の工事現場みたいだね」

窓の景色を見ながら、賀茂に話しかける。

「ということは、この辺はいずれ水の底というわけですか？」

「多分そうじゃないかな」

ダムの底に沈むのがどの辺なのかは、いまいちよく分かっていない。けれど、工事の看板からしてダム関連なのは間違いなかった。こんな高台が水に沈むなんて、不思議な感覚だ。

「今渡ってる橋なんて、まだ真新しいのに……整備されてすぐに沈んでしまうなんて、勿体ないですね」

「この橋は、工事のためにわざわざ作ったものらしいですよ」

「ええ!?　そうなんですか？」

たまたま聞きかじった情報を賀茂に披露すると、驚きの声をあげた。彼は周囲に車がいないことを確認すると、路肩に一旦停止した。

「ということは、この辺の景色は今しか見えないということですよね？」

「そういうことになりますね。賀茂さんは他県出身だから知らないのかもしれませんが、豊橋鉄道田口線の三河田口駅跡地とか、その周辺の小さなトンネルとかがダムに沈むっていうんで、結構取材とかも来てたんですよ」

「うわぁ……物凄く気になりますね」

「でも、今は広い敷地が残っているだけらしいですけどね」

「そこがまた、いいじゃないですか」

Oといい賀茂といい、彼らの美学は凡人には理解できない。ただ、キラキラと輝かせた目の奥に情熱の炎が見え隠れする。正直、それが羨ましい。

以前の蛍夏であれば、きっとその目の輝きに憧れるだけだっただろう。もしくは、彼らが体験し経験してきたことを見たり、聞いたりして、疑似体験を楽しむだけだったに違いない。

けれど、今は違う。蛍夏が夢中になれる何かを見つけ、情熱を注ぎたいと思っている。

「ちょっとだけいいですか」と言って、カメラを手にする賀茂のマイペースさがOと重なった。

「早く見つけなきゃね」

蛍夏は誰に言い聞かせるわけでもなく、小さく呟いた。

＊＊＊＊＊

目的地周辺に辿り着いたのは、それから二時間後のことだった。

時刻は午後三時を回ったところ。もっくるを出てから三時間もかかったことになる。

どこにも寄らずスムーズに進めば一時間弱で来れる場所なのだが、これだけ時間がかかったのには訳がある。

それは何か。

もちろん、カメラ馬鹿のせいである。

ところどころ気になる場所で停車しては、写真を撮るといったことを繰り返した結果、到着時間が大幅に遅れたのだ。

「暗くなってからの捜索は難しいんですからね」

撮影が目的ならば文句は言わないが、今回は0を探しに来ているのだ。好きなように写真を撮らせていたとはいえ、流石に苛立ちを隠せない。

蛍夏が小言を言えば、賀茂も少しは反省したようだ。しょぼんと肩を落としている。

「まあ、今更怒っても仕方ないんで。さっさと目的地に行きましょう」

ここからは気をつけないと道に迷うと言われている場所だ。蛍夏はスマホに送られてきた地図を確認する。

賀茂にスピードをゆっくりにするようお願いし、金山へと向かう細い道を探す。

いくつかの道を通り過ぎた時、Oの母親から言われていた目印となる小さな酒屋が目にはいった。

「あ、あのお店の手前にある道を左に曲がってください」

案内に従い賀茂がハンドルを左に切った。車一台がギリギリ通れるほどの狭い道を進む。言われていた通り、果樹園らしきものに突き当たると、再び左へと曲がる。

すると、果樹園とは細い道を挟んで向かい側に車が数台ほど停められる空き地があった。

「ここが言われてた駐車場みたいです」

賀茂が頷き、バックで駐車する。周囲を見渡すが、Oのバイクはない。

車を降りると森林の間に道があった。車も侵入できる幅がある。

目を凝らせば、砂利道についたバイクのタイヤ痕を見て、蛍夏はホッと息をついた。

「この奥に金山が……」

賀茂がゴクリと喉を鳴らす。パッと見の印象は、単なる雑木林にしか見えない。

「あれはなんですか？」

不意に賀茂に質問される。彼が指さす方向には、木々に囲まれた中に、古い木造のほったて小屋のようなものがあった。

すかさず母から送られてきたメッセージを確認する。地図だけでなく、金山に関する説明のメモも打ち込んでくれたので有難い。

そのメモを見ると、あの小屋は電力会社の所有物件のようだ。賀茂にメモに書かれてあるそのまんまを告げる。

「ちなみに、道を挟んで反対側の高台には、金鉱を見守る物見櫓《ものみやぐら》があったらしいですよ」

「そうなんですか。現存していないのが残念ですね」

二人で木々の間に作られた道を歩く。真夏の日差しが遮られ、山の凛とした空気と相まって涼しさを感じる。青々とした緑が目に優しい。

癒しの空間を進めば、すぐに背丈を超える大きな壁に遭遇する。あきらかに人工的に作られたと思われる断崖絶壁を見あげれば、巨人用の階段かと思うような造りをしていた。

「これは？」

賀茂の問いに蛍夏がメモを確認する。

「山の土を集めて、このてっぺんから落としていたらしいって書いてあるんですけど……ここで大まかに砂金と泥をより分けていたんですかね？」

「……それはまた、なんと言うか……すごい人件費がかかりそうですよね」

「あー……Oのお母さん曰く、採算が合わなくて閉山したそうですから……」

見方を変えれば、圧巻だが、現実的な視点で見ると、なんとも言えない気持ちになる。

ここに来て、ふと違和感を覚えた。思わず賀茂の顔を見あげる。その視線に気が付いたのか、蛍夏を見下ろした。

「どうしました？」

「あ、えっと……ここに来てから写真を撮っていないなーと思って」

率直に問えば、賀茂が「ああ、そのことですか」と微笑んだ。

「流石に、館山くんの遺体があるかもしれない場所では不謹慎かと思いまして」

「ああ……」

言われてみればその通りだ。しかも、現像してみたら、遺体や霊が写り込んでいましたなんてことになったらシャレにならない。

納得したように頷けば、賀茂が周囲を見渡した。

「あちらに川や原っぱがありますが……例の写真の場所じゃありませんか？」

賀茂が見ている方へと顔を向ける。

そこには確かに原っぱが広がっていた。

原っぱを挟んで川の反対側には木々が生い茂っている。ここで間違いがないようだ。

「行ってみましょう」

先に賀茂が進む。そのあとを蛍夏がついていく。

生い茂る草は、そこまで背丈はない。これなら簡単に見つかるかもしれないと思ったところで、ハッとなる。

「違う。ここじゃない」

そこで蛍夏は立ち止まった。けれど、賀茂はそのことに気が付かない。周囲を見渡しながら前へ前へと進んでいく。

その背を見送るように佇む蛍夏だが、その目はなんの景色も映してはいなかった。

(Oが見ていた景色は、ここじゃ見られない。四角い何かで囲まれて、尚且つ、雨が降る前には蜘蛛の巣が張り、雨が降れば水が溜まる場所なのよ？　こんな原っぱじゃあ、落とし穴でもない限り無理だわ)

愕然としたまま動けないでいると、賀茂の大きな声が響いた。

「水嶋さーん！」

弾けるようにして顔をあげると、原っぱの奥で賀茂が両手を大きく振っていた。

「ちょっと来てくださーい！」

いったい何を見つけたのだろうか？

ただ、慌てた様子はないので、Oの遺体ではないことは確かだ。

Oを見つけることができると思い、勢い勇んで来た。けれど、ここでは見つからないことが判明した蛍夏は、気乗りしないまま、ゆっくりと賀茂へ向かって歩き出した。

「どうしたんですか？」

賀茂がいたのは、原っぱの端だ。そこからは急な傾斜ができている。下りられないことはないが、下りたいとは思えない。

けれど、賀茂は下を覗き込んでいるということは、そこで何かを発見したのだろう。

蛍夏も同じように下を見る。

木々の合間に緑と茶色の枠が見える。目を凝らすと、建物の基礎部分のような感じだった。

「あれって、住宅か何かの跡地ですよねぇ？　もしかして、金鉱で働いていた人たちの宿舎だった場所なんですかね？」

下を凝視したまま固まっていた蛍夏には、賀茂の声など聞こえなかった。○が教えてくれたヒントが頭をグルグルと駆け巡る。

「四角い囲い……」

ぽつりと漏らした瞬間に、蛍夏は危険など気にせず傾斜を滑り降りた。

「水嶋さん⁉」

背後から慌てたような声がする。しかし、一旦滑りだしてしまえば、止まることはできない。

むしろ、止まることも望んではいなかった。

目の前に迫りくる大木に激突する寸前で、ブレーキ替わりに足を出す。

木の幹に両足をつけると、勢いがついていたせいで、ジーンとした痺れが足裏から襲ってくる。

「ちょっと！　水嶋さん、大丈夫なんですか？」

頭上から切羽詰まった声が降ってくるが、それどころではない。蛍夏は体勢を立て直す。

もともと鉱山で働く人の炊事場兼宿泊施設だった場所には、基礎しか残っていない。

その基礎部分も既に苔や草が生えている。

ある意味骨しか残っていない場所に、Oも眠っているのだと確信した。

これから目にするものは、蛍夏に絶望を齎《もたら》すだろう。それでも、Oは言っていたのだ。

「形あるものはいずれ崩れる。命あるものはいずれ死を迎える。でも、強い想いや信念——築いてきたものはいつまでも残り続ける」

そうであれば、悲しみだけが支配することはない。絶望の中にも希望が見つかるはずだ。

気を強くもって、蛍夏は一歩一歩四角い囲いへと近付く。

一番手前の囲いの傍に辿り着く。覚悟を決めたとはいえ、やはり現実を受け止めるのは怖い。

ギュッと奥歯を噛み締め囲いの縁に登る。そして、中を覗き込む。

「……いない……」

そこには草木が生えているだけで、何もない。昨日今日と晴れだったお陰で、中に溜まっていたであろう雨水は地面に沁み込みなくなっていた。

次はその奥だ。

平均台の容量で縁を渡る。続きとなっている次の囲いへと移動するが、そこも同じだった。

「じゃあ……次は……」

次の場所へと顔を向ける。苔がびっしりと生えている中、一か所だけズルリと削られている場所がある。

よく見ると、傍らに見慣れたOの愛車が無残な姿で横たわっていた。

ふと見あげると、月明かりに照らされた電波塔が目に入る。蛍夏はそこでハッと口元を押さえた。

「オリオン座……」

電波塔に取り付けられた航空障害灯が、まるでオリオン座のような形に見えたのだ。

「一つ足りない」

オリオン座を示す星の輝きには一つ足りない灯りに代わり、地上で——コンクリートの囲いの中で、キラリと何かが反射したのを蛍夏は見逃さなかった。

「漆黒のカーテンの中に浮かびあがる四角錐は電波塔……オリオン座は航空障害灯だったんだね……」

蛍夏は思い出の写真の裏に書かれたOの遺書を思い出した。

「ああ……あそこだ」

気持ちが急《せ》く。その反面、見たくないという気持ちも湧きあがる。滑りやすくなっている縁を、落ちないよう慎重に歩く。

いよいよ久しぶりのOとの対面だ。数日間、腐りゆく彼の姿を見てきただけに、耐性はできていると思いたい。

心臓が痛くなるほど、鼓動が速くなる。

喉を鳴らし、ゆっくりと囲いの中を覗き込んだ。

「っ」

覚悟はしていたとはいえ、実際に見てしまうと衝撃は大きい。けれど、絶叫せずに済んだのは、Oの遺体が、ほぼ白骨化していたからだろう。

骨だけではOとは限らないと否定したかもしれない。けれど、死体が着ているのは、蛍夏がプレゼントしたTシャツだった。

しかも履いているのは、Oのお気に入りのデニムである。どちらも汚れが酷いが、特徴的なデザインが施されているだけに、すぐにOであることが分かった。

服装に目がいったあとで、全身を見た。頭蓋骨には髪の毛が辛うじてへばりついている。肉片がほぼないせいか、臭いは思ったよりも酷くはない。

グロテスクな死体を想像してきただけに、あまりにもシンプルになりすぎたOの姿は、想像よりもはるかに受け入れやすかった。

ただし、それは外見的な部分だけのことだ。

「O……」

掠れた声を出すが、返事はない。Oの器《体》はあっても、Oの気配も魂もここにはない。

いいや、ここどころか、この世にはもうないのかもしれない。

消失感が襲い掛かり、不安になる。

「O……返事をしてよ……」

Oの遺体のそばに飛び降りる。再びOに声を掛けるが、返ってくるのは沈黙だけだった。

汚れるのも厭わず蛍夏はOの遺体に縋りついた。

「いた……」

硬いものが手に当たる。ボタンが掠ったのかと思い、顔を顰めるが、Tシャツにボタンなんかない。

よく見ると、首にチェーンがぶら下がっている。

「何これ……」

チェーンを指で摘まみあげる。すると、Tシャツの中からコイン大のトップが出てきた。

「え？　Oってアクセとかしてたっけ？」

まじまじと見つめると、それはロケットになっていることが分かった。なんとなく秘密を暴くようで罪悪感が湧くものの、好奇心には逆らえずロケットを開く。

そこに入っていたのは、折りたたまれた小さな紙と、破られた紙の破片。

破片は数枚入っていて、何が描かれていたのかは判別できない。

蛍夏は折りたたまれていた紙を広げた。

「これって——」

そこにはカクカクしつつも歪んだ文字で「おうじとひめは　ふたりでひとつ」と書いてあった。

読んだ瞬間にブワリと記憶がよみがえる。

「そうだ……そうだった。私、絵と物語、両方一緒に楽しんでいたと思っていたけど、違った。最初は絵だけが大好きで、それをあの悪ガキに踏みにじられて……」

あれからトラウマで絵を描くことを拒否するようになった蛍夏に、夢を与えてくれたのがOだったのだ。

「ケイはもう字がかけるでしょ？　それに、ぼくにいつも変わったお話を聞かせてくれるでしょ？　ケイが絵を描けないなら、ケイはお話やお歌を作ってよ。そしたらぼくが、それに合わせて絵をつけるから。そしたらきっと楽しいよ」

幼い王子《ヒーロー》の言葉が頭の中で反響する。

このあと、Oの絵と私のお話で本を出そうと約束した。

つまり、ここでは幼い恋の誓いだけでなく、将来の夢まで誓いあっていたのだ。

母曰く。この日からOがカメラに興味を持ちはじめたと言っていた。

絵が下手だったOは、約束はしたものの、うまく描けるようになるのか自信がなかったのかもしれない。

だから、写真に目を向けたのだろう。子供ながらにずる賢い考えではあるものの、きっと撮りだしたら面白くなったに違いない。

蛍夏に夢を与えてくれたのが０であるならば、０もまた、この約束があったから夢中になれるもの《写真》と出会えたのだ。

蛍夏の目から一筋の涙がこぼれ落ちる。

今も昔も。

いざという時に、大事な道しるべとなってくれるのは０なのだと改めて思う。

そして、今も昔も０はずっと蛍夏を大事に想っていてくれていたのだ。

「なんで私、こんな大事な約束を忘れてたんだろう……」

小さな頃、詩や物語を夢中になって書いた。それを０はいつも楽しそうに聞いてくれた。

それがいつしか、０から距離を置き、創作からも離れてしまった。

創作を辞めた理由も、０から距離を置いた時同様、些細な理由で、今なら「そんなことで……」と呆れるようなものだろう。

「ふたりでひとつ……」

蛍夏は書かれてある文字を奮える唇で呟く。そして、溢れ出る涙を手で拭った。昔、諦めた夢が沸々と心の奥底から湧き出す。

「そうだよね。約束は果たすからこその約束だよね」

蛍夏が〇の右手の骨に触れた。その脇に、彼の愛用のカメラを見つけた。

「……わざわざ防水仕様を選んでるとか……何かあったら全部私に任せるつもり満々じゃないの」

泣き笑いのような顔をして、蛍夏はカメラを持ちあげた。電源を入れると、勿論、普通に起動する。

「ふふふ。〇ってば、端っから〇の軌跡を私に託すつもりはなかったんじゃない……」

〇の魂胆が分かり、腹の底から笑いがこみあげる。

彼は、蛍夏に自分の意志を託したわけではなかった。

ただ、〇自身が本当に亡くなっていること。そして、私自身が自分の足で立てることを気づかせるための数日間だったのだ。

「あー……ってことは、賀茂さんも〇にお願いされた口だよね」

おかしいと思ったのだ。〇のアイデンティティを追い求めるのなら、私の存在なんて関係ない。

やけに私を優先する彼は、〇から頼まれていたのだろう。

そう思えば、時々答えに窮することがあったり、やけにタイミングよく現れたりした理由が分かる。

だいたい、〇は苦手だと言いながらも、賀茂のことをやけに信頼していた。つまり、二人は、ずぶずぶな関係だからこそ、Oは彼に私の道標になるよう頼んだにちがいない。

「あいつの傍で俺以外でも一つのことに情熱を燃やす人間がいることを証明して欲しい」と――

そこまで考えていたとしたら、はっきり言って完敗だ。

Oの望み通り、蛍夏は「夢」を欲した。夢中になれる何かを見つけたいと思った。

全てはOのシナリオ通りだ。

「あはははは……カメラに一途な通り、恋愛に関してもOは一途だったんだね……」

蛍夏は真っ白で硬い、Oの頬を撫であげた。

大粒の涙がこぼれる。

それを拭うことなく、蛍夏は顔を歪めた。

「栄枯盛衰って、あんた。まだ栄えてもいなけりゃ、盛ってもいないじゃん。何勝手に衰えて枯れ果てて朽ちてんのよ……」

暗に、「私たちはこれからでしょ」という言葉を含ませる。

遠くで誰かが蛍夏を呼んでいる。

それを無視して、蛍夏は大切な人の器を抱き締めて、静かに口を開いた。

「Oとの約束。絶対に果たすから……」

Oが蛍夏に彼の想いを背負わせるつもりは毛頭なかった。ただ、彼は強欲にも二つの願いを抱いていたのだ。

一つはOの死を受け入れ、蛍夏が精一杯、最後まで生き抜くこと。

そしてもう一つはOと私との約束……二人で誓った約束を成し遂げ、二人で生み出したものを後世に残すこと。

本当だったら、Oとの間に生まれた子供がいくつもの世代を超えて、後世まで残ることが一番だったのだが、彼がいない今、それは望めない。

だからこそ——二人で生み出した創作物こそが、永遠に残される二人の絆の証なのだ。

再び目頭が熱くなる。ぐっと耐える耳に甲高いサイレンの音が届く。

蛍夏は天を仰ぎ、Oとの誓いをただ一人で成し遂げることを誓った。

エピローグ

名古屋市美術館は、名古屋市の中心に位置する白川公園内にある。欅《けやき》や楠《くすのき》などの樹林に囲まれた、緑豊かな敷地内に突如現れる三角形の不可思議な建物として設計されている。

伏見駅から徒歩十分という交通の便の良さと、繁華街に近いのにゆったりと落ち着いた雰囲気が人気の秘訣だ。

隣接する科学館も有名ということで、平日でもそこそこ賑わう。

さほど大きさはないものの、世界に誇れる美術館としても有名だ。

なんでもかんでも展示するわけではなく、「歴史と未来の共存」をテーマにし、コレクションはエコール・ド・パリ、メキシコ・ルネサンス、郷土美術、現代美術の四つの部門で構成され、所蔵点数は六四〇〇点以上。

年三回の展示入れ替えを行っているほど、内容は充実しているにもかかわらず、企画展にも力を入れているところが素晴らしい。

ボランティアによるギャラリートークも実施され、美術を身近に感じられるスポットである。

それだけでなく、建物自体のユニークさと展示物への価値観がマッチした日本でも稀な美術館であり、いろんな意味で「挑戦」できる施設とも言える。

そんな魅力溢れる名古屋市美術館ではあるものの、全国的にはまだまだ知名度は低い。

にもかかわらず、無名の写真家と新人作家の展示会が発表されるや否や、前売りチケットは即日完売し、日本全国から注目を浴びることになった。

しかも、初日は作家による記者会見とトークショーが催されるということもあり、整理券を求めるお客が前日から長蛇の列をなす。

マスコミ各社もまた、記者会見で一番いい場所を陣どるために、早くから大勢が集まっていた。

「すごいわね」

準備の最終チェックのため、裏口からこっそり館内に入った蛍夏は二階の窓から外を眺め、驚きの声をあげる。その傍で、写真のパネルやライトのチェックをしていた賀茂が声をあげて笑った。

「そりゃそうでしょうとも。あのセンセーショナル《若き写真家の非業の死》な事件と、その遺体発見者による暴露本。それと同時に、被害者の遺品が展示されるんですよ。そりゃあ人が集まるに決まってるじゃないですか」

こんな発表の仕方で人を呼ぶことをＯはよしとはしないだろう。

でも、話題を利用して何が悪いというのか。

要は興味本位や悪意を持って集まった人たちに文句を言わせない内容であればいいのだ。

なんなら、そういう人こそ、ホンモノに出会えば骨の髄までファンになってくれるものである。

今は客寄せパンダみたいな扱いだが、すぐに評価は変わるだろう。

「朽ち果てても、想いは残る……O。ここからが私たちのスタートだよ」

窓の外には黒い頭が数多に蠢いている。この中の大多数は、砂糖《話題》に群がっているだけ。ここで中途半端なものを見せれば、あっという間に時の人となるだけだ。

だが、蛍夏がOと築きあげるものはそんなものではない。

蛍夏は白川公園の入り口にも掲げられた看板を射抜くように見つめた。


『腐りゆく君と遺された私』


昨年、亡くなったOの個展を開催した時に知り合った、純粋なファンでもある記者に自ら売り込んだノンフィクション。

タイトル通り、死んだOとの七日間を蛍夏の視点から描いた作品だ。

多くの人がファンタジーだと捉えるかもしれない。それでも、これは、まごうことなき事実である。

Oの生き様と、彼が残した軌跡《きせき》を後世に残すために、蛍夏が誇れる唯一の武器である『文字』で書き記したのだ。

もちろん、挿絵となるものはOが残した写真を使用した。この自叙伝が発売されるのは、展示会初日。

つまりは明日だ。

Oと二人で誓った約束の第一歩が目前に迫っている。

くるりと窓から展示会場内へと振り返る。

そこには沢山の「朽ちていくもの」の写真が展示されている。

普通の写真展ならば、その横には単なる説明書きか、写真のサイズや場所しか書いてないだろう。

けれど、この展示会はOと私の展示会なのだ。

彼の写真の横には全て、その写真からインスピレーションを受けて書いた詩を自筆で書いて展示してある。

まさに『腐りゆくものに対する、遺されたものの想い』が会場のあちこちに散らばっていた。


「二人で一つ」

蛍夏は小さく呟いた。そして、ポケットから小さな瓶を取り出す。

瓶のラベルにはOの字で『蛍夏へ』と書かれてある。

これは、Oと最後の旅路も共にした愛車——Oのバイクにつけられたリアボックスの中に入っていたものだ。

蛍夏は服の袖口に瓶から二滴、オイルを染み込ませた。静かに目を閉じる。

ほんのり甘く、爽やかな香りに心が震える。

瞼の裏に焼き付くのは、Oとの思い出だけではない。今踏み出した一歩から続く未来の光が見えるような気がした。

＊本書は、エブリスタ小説大賞２０２３「竹書房×エイベックス・ピクチャーズ コラボコンテスト」オールジャンル部門の受賞作です。
＊物語はフィクションです。登場する人物・団体・名称は架空であり、実在のものとは関係ありません。

エブリスタ

国内最大級の小説投稿サイト。

小説を書きたい人と読みたい人が出会うプラットフォームとして、これまでに200万点以上の作品を配信する。

大手出版社との協業による文学賞開催など、ジャンルを問わず多くの新人作家発掘・プロデュースを行っている。

https://estar.jp

腐りゆく君と遺された私

2025年5月7日　初版第一刷発行

著者……藤白 圭
装画……LOWRISE
表紙漫画……佐野 妙
装幀……坂野公一＋吉田友美（welle design）
本文DTP……GLC 補完機構

発行所……株式会社　竹書房
〒102-0075　東京都千代田区三番町8-1　三番町東急ビル6F
email: info@takeshobo.co.jp
https://www.takeshobo.co.jp
印刷・製本……中央精版印刷株式会社

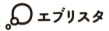